L' impossible

棱镜精装人文译丛

主编 张一兵 周 宪

不 可 能 性

L' impossible

GEORGES

BATAILLE

〔法〕乔治·巴塔耶 著 曹丹红 译

南京大学出版社

"他嘴里只叫着'耶稣'和'加大利纳'。他这样说话的时候,我把他的头放到自己手里,眼睛盯着神圣的善说:'我想要他。'"

· ·

"他下葬时,我的灵魂休憩于安宁和鲜血的芳香之中。这血是从他身上流到我身上的,它如此芬芳四溢,我根本无法忍受让它消失的念头。"

——《瑟纳的圣加大利纳》

"奄奄一息之际,灵魂沉浸在无以言表的美妙感觉中。"

——《亚维拉的圣德兰》

二版序言

　　正如小说的虚构叙事，接下来的文字——至少前两篇——意在描绘现实。倒不是说我倾向于认为它们具有确定无疑的价值。我不想欺骗。另外，从原则上说，不存在骗人的小说。而且我不认为自己能比别人做得更好。我甚至认为，从某种意义上说，我的叙述明显触及了**不可能性**。说实话，这些回忆有种让人无法忍受的沉重。沉重感可能与一件事有关：恐怖有时真实地存在于我的生活中。或者也有可能，即使这种恐怖在虚构中被触及，也只有它还能帮我逃脱谎言的空洞……

　　现实主义在我看来像个谬误。唯有暴力才能摆脱现实主义经验的贫瘠感。唯有死亡和欲望拥有压迫人的力量，切断人的呼吸。唯有欲望与死亡的极端性才能让人获得真相。

十五年前，我第一次出版了这本书。那时我给它起了个晦涩的名字：《诗之仇恨》。当时我觉得，只有仇恨才能抵达真正的诗。诗只有在反抗的暴力中才能获得强烈的意义。然而诗只有在召唤**不可能性**时才具有这种暴力。几乎没有人能理解第一个书名的意义，这是我最后选择谈论**不可能性**的原因。

的确，这第二个书名也远远谈不上清晰。

但它总有一天能清晰起来……：我从整体上看到了某种牵涉生物全部运动的痉挛，从死亡的消失直至心迷神醉的狂怒，而后者可能正是消失的意义。

在人类面前有一种双重的视角：一方面是强烈快感、恐怖和死亡的视角——恰好就是诗的视角，以及它的反面，科学或有关实用性的真实世界的视角。唯有有用的、真实的才是严肃的，我们永远无权放弃它而去选择诱惑，因为真理有权支配我们。它甚至可以任意支配我们。尽管如此，我们能够，甚至应该向某个东西做出回应，这东西不是上帝，但比一切权利都更为强大。它就是**不可能性**，为了触及它，我们唯有遗忘所有这些权利的真相，唯有接受消失。

G. B.

目　录

第一部分

老鼠的故事

（《狄安努斯日记》）

第一章

第一本日记

前所未有的神经紧张，无名的怒火：爱到这种程度就是病了（而且我喜欢生病）。

B不停地令我着迷：我的神经刺激令她愈发显得高大。她身上的一切都那么大！可是在颤抖之际，我也心生怀疑，她是那么随和（因为她是虚伪的、肤浅的、模棱两可的……这难道还不明显吗？她迷惑别人，然后几乎毫发无损地全身而退，她随随便便说些蠢话，很容易受傻瓜影响，无缘无故就躁动不安，在我这个熔炉、这个无尽的靶子身边走来走去！）。

我知道她现在有些烦我。

并不是因为我有理由被她蔑视（我之所以让她

失望,是因为出于好心情,出于善意,她曾想从我这里获得不可能性),但在行动中,她抛开了已知的一切:她身上困扰我的,正是这种不耐烦。

我想象一根巨大的钉子和她的赤裸。她那火焰般狂热的动作使我眩晕,而我扎进她身体的钉子,我无法把它留在那里!在写下这一切时,因为看不到她,因为钉子坚硬,我渴望抱住她的腰。促使我停下来的,并不是一种幸福感,而是一种无力感,因为我无法企及她。无论如何她都会逃离我,因为我身上最病态的一点是,我希望她这样做,希望我的爱足够不幸。我确实已经不再寻找幸福:我不想给她幸福,也不想自己拥有幸福。我一直希望我的触摸能让她焦虑,希望她因此昏厥。她还是她,不过我也怀疑,两个确信自己无能的人是否还能交流得更为深入。

在 A 的公寓[我不知道 A 是否在撒谎,他说自己是耶稣会会士(他在街上跟 B 搭讪,他那伪君子的严肃正经令 B 忍俊不禁;头一天,他在自己家中穿着僧袍,只是跟她喝了点东西)],在 A 的公寓,感官的极度混乱和假装的灵魂升华,这两者的结合逗乐了我们,他像酒精一样令我们着迷。

甚至经常,我们三人像疯子一样笑成一团。

[我对音乐的期待:对冰冷的"黑色"爱情(与 B
的下流有关,并被加盖上一种永不停息的折磨的封
印——永远不够暴力,不够暧昧,不够接近死亡!)
的探索能再深入一点。]

我跟我的朋友不同,我嘲笑一切规矩,从最低
级的事物中获得乐趣。活得像个阴险的少年,像个
老头,我一点都不以为耻。失败的,醉醺醺的,满脸
通红,在一个全是裸女的风月场所:看到我无精打
采,嘴角皱纹表现出焦虑,没人会认为我是在享受。
我觉得自己庸俗,而且已经到无法再忍受的地步,
但既然无法达到自己的目标,我至少还能陷入某种
真实的贫瘠。

我有点晕，天旋地转。我发现自己是由"自信"做成的——恰恰因为"自信"弃我而去。如果我不再自信，脚下就会出现一个空洞。存在的现实是对运气的天真的确信，而令我飘飘然的运气摧毁了我。我以为自己不如最强者，这种想法让我脸红：以至我再也不去想这件事，以至忘记了自己被所有人忽视的事实。

害怕B抛弃我，留我一人，像垃圾一样，被自我堕落的渴望折磨，这种恐惧最终令我情绪激动起来。刚才我一直在哭——或者说，双目无神地接受了厌恶感——现在天亮了，可能遭遇不幸的预感令我陶醉：生活在我身上伸了个懒腰，就像高音歌手嗓子里一段抑扬顿挫的歌曲。

像一只拖把一样幸福，拖把挥舞，在空中化成一架小风车。

就像一个落水者因握紧拳头而丧生，就像有人因无法像躺在床上时那样平静地舒展身体而被淹死，以同样的方式……可是我知道。

你不想迷失自我。你需要靠自己达到高潮。你从焦虑中获得了那么大的快感——快感让你从头到脚都在发抖（我说的是你的性快感，你那肮脏的"蓝磨坊"快感：你不想放弃吗?）。

我的回答：
——在一个条件下我可以放弃……
——哪一个?
——不……我害怕 B。

风、严寒和融雪中凄凉的山景：跟 B 在这个不适合居住的地方生活，那时我多么开心！几个星期一晃而过……

在同样的条件下：酒精，狂风暴雨的瞬间（狂风暴雨般的赤裸），勉强的睡眠。

暴风雨中，在一条毫不起眼的山间小路上行走，这不是放松的方式（更像是一种存在的理由）。

促使 B 和我在一起的，是她和我面前像虚空一般的不可能性，而不是一种有保障的共同生活。没有出路，困难以各种方式不断出现，死亡的威胁像伊瑟①的宝剑一般横亘在我们之间，欲望刺激着我们走得比心所能承受的更远，需要感受到一种永不停止的撕裂感的折磨，怀疑——来自B——这一切仍然只能盲目地通向贫瘠，只能落入污秽与无个性；所有这一切令每个小时成为恐慌、等待、勇气、焦虑的混合体（偶尔还会夹杂令人恼火的快感），只有行动才能解决（可是行动……）。

总之，恶所遭遇的阻碍——恶的瘫痪、恶的中止——取决于那么少的力量，取决于种种真实可能性的惨淡处境，这令人称奇。可怕的不是恶，而是围绕它的渺小事物，它的傀儡，男人女人，不合时宜，愚蠢无聊。说实话，我本人可能是一座相当荒芜的山，荒芜得连戴假发的老太太都能登上山顶（她们差点勾起了我的思念：夜总会里，小丑、金子散发的异味——病房的气息——浮夸的庸俗让我心满意足）。

我憎恨这些成功的人，他们缺乏（对一种毋庸

----

① 欧洲中世纪传说故事中人物，故事可见叙事诗《特里斯丹和伊瑟》。——译注

置疑的无能的)界限感:A 神父(他无疑属于耶稣
会)喝醉酒时的严肃不是装出来的:他小心翼翼的
渎神言论和他的行为——以一种难以捉摸的道德
上的严苛——回应了他对不可能性的感觉。

　　昨天与 B 和 A 神父吃晚饭。我应该把 A 那疯
狂的表白归咎于酒精作用吗？或者说:对真理的陈
述其实是一种手段,让人产生怀疑,由此更完美地
进行欺骗？

　　A 并不是恶魔,只是有人性罢了(人性？这个
词难道不是毫无意义？):如果忘掉僧袍和不足挂齿
的利益,信奉无神论的神职人员——他说——侍奉
的是一项反教会的事业。穿浴袍的耶稣会士(身体
又瘦又长,在他身上敷圣油只是多一个笑话)是最
赤裸的人:B,被魅惑,触摸了他的真理。

　　我还活在昨天晚餐的幻影中:B 像一头母狼那
么美丽,肌肤黝黑,穿着蓝白条纹的浴衣,那么优
雅,浴衣从上到下都似敞非敞。她也在神父面前冷
嘲热讽,笑得像朵细长的火焰。

那些醉醺醺的时刻，我们无视一切，我们起锚，快乐地驶向深渊，既不顾忌不可避免的坠落，也不顾忌一开始就给定的界限，只有在那些时刻，我们才完全摆脱了大地（法则）……

那些时刻，延续生命的欲望被耗费超越。耗费加速进行，任何东西都具备了这种无意义的意义——这意义为火焰、梦境、大笑所共有。即使是最极端的、最后的无意义也始终是那个否定其他一切意义的意义。（归根到底，这个意义不就是每个特殊存在的意义吗？特殊存在从其本质来说是其他一切存在的无意义，不过唯一条件是这个存在对延续生命的行为不以为意——而思想［哲学］位于这大火的顶端，正如被吹灭的蜡烛位于火焰的顶端。）

在 A 神父锋利、厚颜无耻、清楚意识到自身局限性的逻辑面前，B 那迷醉的笑声（A 深陷一把扶手椅中，B 半裸着站在他面前，神色轻蔑，像火焰一样疯狂）像起锚后天真地驶向虚空这个无意义的动作。（同时，我的双手迷失于她的大腿间……这双手盲目地寻找着裂缝，被那团向我打开虚空的火灼烧……）

那一刻，裸体的温柔（大腿根或乳根）触及了无限。

那一刻，欲望（因友谊而加倍的焦虑）得到了如此完美的餍足，我由此而绝望。

这巨大的时刻——像一声狂笑，无比幸福，揭露出在它之后延续的东西（同时也揭示了无法避免的衰落）——用酒精替代了水，用一种死亡的缺席、一种无尽的空替代了表面上看来临近的天空。

A，诡计多端，已经习惯最疯狂的可能性，并看透了一切……

除了 B，我无法想象另一个比 A 更为可笑的绝望之人，绝望不是因为希望破灭，而是因为一种真正的绝望。铁着心将刻板的正直带至那些无法不笑着谈论的任务中（它们是那么具有颠覆性，那么悖论丛生），没有表面上看用于震慑他人的方法的不断涌现，荒淫无度之中的纯洁（法则合情合理地被规避，因为没有偏见，他一开始便处于最糟糕的水平），与超越感官迷乱的美妙感觉截然相对的风凉话，这些都令 A 近似于一张工厂图纸。如此彻底摆脱规矩的良知像一座山那么明显，甚至有山的野性。

B在A神父面前，惊讶于他的种种古怪行为。

我则向她解释，哪些简单的必要性决定了他的生活：深入研究十载，缓慢学习如何伪装，如何令精神脱节，这些塑造出一个冷漠的男人。是含义稍微有些变化的……像死尸般的①。

"你真这么认为？"B问（因嘲讽和快乐而燃烧）。

她跪在神父脚下……因我的疯狂而获得了兽性的幸福。

我们的朋友身体后仰，脸上挂着满不在乎的微笑，容光焕发。

然后他猛地放松了。

嘴唇苦涩，目光迷失于天花板深处，眼中洋溢着无法抹去的幸福。

B越来越像头母狼，她对我说：

"看神父，开心得像天使。"

"主的天使，"A说，"掠夺了正义者的睡眠。"

---

① 原文为拉丁语"perinde ac cadaver"，从4世纪开始，指一种苦修的理想状态，表现为完全的顺从，僧侣借助这种理想状态得以在有生之年完成上帝的命令。——译注

他说话像打呵欠。

看着嘴唇潮湿的 B,看着她的心灵深处,我遗憾自己没有死。达到夸张的快感、极端的大胆,同时让身、心、智全都疲惫不堪,这差不多取消了幸存的可能。至少再无安宁的时刻。

我的孤独让我气馁。
B 的一通电话给我打了预防针:我怀疑会有很长时间看不到她。
"孤独的人"是受诅咒的人。

B 和 A 独自生活,相当甘之如饴。A 在一个宗教团体内,B 在自己家中,无论他们与这个教团、与这个家庭的关系暗中存在多大危险。
我冷得哆嗦。突然之间,出其不意地,B 的离开让我恶心。

我为自己感到吃惊：我怕死，一种懦弱的、幼稚的恐惧。我只有在被焚烧的条件下才喜欢活着（否则我就得心存活下去的意愿）。无论显得多么古怪，坚持活下去的念头那么淡薄，使我失去了做出回应的力气：我被焦虑淹没，我怕死，恰恰因为我不喜欢活着。

　　我猜想自己身上有着最大限度的冷酷，能对最糟的处境漠然置之，具有承受酷刑必备的疯狂。可是我在发抖，我很难受。

　　我了解自己那无法被治愈的伤口。

　　如果没有 B 这头母狼的挑战——像一把火照亮浓雾——那么一切都是寡淡的，场所是空洞的。眼下，正如大海退潮，生命在我身上退场。

如果我想的话……

可是，不。

我拒绝。

我躺在床上，成为恐惧的猎物。

这挑战——她那百合花一般的清新，她那裸露的娇嫩的手——像心尖，无法触及……

可是记忆是靠不住的。

我回忆得很艰难，越来越艰难。

我常常很虚弱，连写字的力气都没有了。撒谎的力气？同时我不得不说：我整整齐齐写下的这几行文字是谎言。如果进监狱，我不会在墙上写字，我应该会努力寻找出口，哪怕为此连根掀起我的指甲。

写作？把指甲翻转，徒劳地盼望解脱的时刻？

我写作的理由是触及 B。

最让人绝望的是，B 最后会丢失那根阿里阿德涅之线，在她生活的迷宫中，这根阿里阿德涅之线是我对她的爱。

她知道，可是她忘了（为了达到这个目的，遗忘难道不是必需的吗？），她和我已经走进一个监狱的深夜，到死才能出去，被迫在寒冷中，将赤裸的心贴在墙壁上，等待一只耳朵贴到墙的另一边。

诅咒啊！为了这一刻的到来，监狱不可或缺，还有这一刻之后的黑夜和寒冷！

昨天与 A 度过了一个小时。

我想先写下面这件事。我们不具备触及真实的条件，但我们触及了真实。我们突然之间到达了那个必要的点，然后用剩下的日子去寻找那失去的一刻。然而多少次，我们错过了它，原因恰恰在于，对它的寻找令我们偏离了它，我们的结合可能是一种……让我们永久失去回归瞬间的方式。——突然间，在我的夜，在我的孤独之中，焦虑向信念让步。很阴郁地，甚至不再揪心（由于不停地揪，已经什么都揪不出来），突然间，B 的心就在我心里了。

交谈期间，痛苦表现得如同被围追堵截的困兽，令我不想呼吸。我试图说话，回应我的尝试的，是一张冷嘲热讽的脸（A 没有笑，偶尔微笑一下，他身上没有失去的时刻，如果有的话，他注定也得去寻找它。他绝望（像大多数人一样），但常常心存一个念头，认为幸福是可以获得的）。

地窖的阴暗处，裸露的皮肤发出的微光所产生的奇怪反光：L.N.和他妻子 E，两人都很优雅。E 背对着我，她穿着低胸装，一头金发，粉色的礼服。她在镜子里对我笑。她的阴森的快乐……她丈夫用雨伞一端撩起裙子，直至腰的高度。

非常十八世纪，N 操着蹩脚的法语说。镜子里，E 的笑容有着酒精带来的迷乱的狡黠。

很奇怪，同一种疯狂的微光会对所有男人闪耀。赤裸令人害怕，因为我们的全部自然属性都来自那个丑闻，在丑闻中，自然属性拥有了恐惧意识……"赤裸"的说法意味着被撕裂的忠贞，它只是一个颤抖的回答，在最混沌的呼喊中被禁声。黑暗中被隐约瞥见的偷偷摸摸的微光，它难道不要求生命的馈赠吗？每个人在对抗所有人的虚伪（"人类"行为的本质是怎样一种愚蠢！）时，难道不应该找回那条带他穿越火焰，抵达污秽与赤裸之夜的路吗？

猫头鹰在月光下飞越一片田野,受伤的人在田里呼喊。

　　我就这样在夜里飞越我自己的不幸。

　　我是个不幸的人,一个孤独的残疾人。我害怕死亡,我爱,我以各种方式承受折磨:于是我抛弃我的痛苦,然后说它们在撒谎。外面很冷。我不知道为什么床上的我身体滚烫:我没生火,天寒地冻。如果此时我赤身裸体在外面,挨打,被捕,迷路(在外面比在房间里能更好地听到哨声和炸弹爆炸声),我牙齿打架的声音还会继续撒谎。

　　我曾在妓院脱下过那么多女孩的衣服。我酗酒,我喝醉,我只有在无法被拯救时才是幸福的。

只有在妓院才能享受到的自由……

在妓院，我可以脱掉内裤，坐在老鸨的膝上哭泣。这也不重要，只是个谎言，但仍然穷尽了微不足道的可能性。

关于我的臀部，我有一个幼稚、诚实的想法，其实我内心非常害怕。

恐惧、不幸之爱、清醒的混合体（猫头鹰！）……

就像一个逃离疯人院的疯子，至少我的疯狂还囚禁着我。

我的谵妄分解了。我不知道是我在嘲笑夜，还是夜……我独自一人，而且，没有 B，我大声喊叫。我的叫声消失了，像生活消失于死亡。下流令爱情气急败坏。

可怕的记忆，记忆中，A 注视着赤身裸体的 B。

我狂热地拥抱她，我们的嘴唇碰到一起。

不知所措的 A 沉默不语，"就像在教堂里"。

那么现在呢？

我爱 B，甚至爱她的不在场，爱她身上我自己的焦虑。

我的软肋：放火，大笑，欣喜若狂，但当寒潮来袭，我就失去了活下去的勇气。

最糟糕的是：有那么多不值得被拯救的生活——那么多的虚荣、丑陋和道德空洞。这个有着双下巴的女人，她那巨大的包头巾在宣告着错误的统治……人群——愚蠢，垃圾——从整体上说不就是个错误？存在堕落到个体，个体堕落到人群，这种堕落在我们的黑暗中，不就是一种"整体而不是……"？最糟糕的是上帝，还不如夏尔太太，她喊道，"多么小家子气的爱情"；还不如我与夏尔太太睡觉，然后后半夜哭泣，因为我从此不得不去渴望不可能性。也就是，酷刑，脓，汗水，耻辱。

一切致死的活动，只为获得微不足道的结果。

在这由无能构成的迷宫（四面八方是谎言），我忘记了拉开帷幕的时刻（N 掀起裙子，E 在镜子里笑：我冲过去，吻住嘴唇，乳房从裙子里蹦出……）。

E 的赤裸……,B 的赤裸,你们可以将我从焦虑中解救出来吗?

不……

……请再给我些焦虑吧……

第二章

极端的奉献是虔诚的反面,极端的邪恶是快感的反面。

当我想到我那疯狂的焦虑,想到我必须忧心忡忡,必须在这个世上成为一个渴望恶的男人,一个时刻保持警惕、仿佛一切都会离他而去的男人,我想象了我那些身为农民的祖先的恐惧,在空气稀薄的夜,他们贪婪地渴望着能因饥寒而发抖。

正如在他们生活的山中沼泽地,他们曾想要呼吸困难,想要因(对食物、金钱、牲畜和人的疾病、庄稼价格的低廉、旱灾的)恐惧而紧挨在一起发抖,想要时刻受游荡的影子威胁的强烈欢乐。

至于他们的遗产,他们代代相传的对赤裸的焦虑(造人的蛤蟆般的时刻那残秃的火把上的火),显然没有比这更"可耻"的东西了。

"父亲吃了酸葡萄,儿子的牙酸倒。"①

想到我祖母和外祖母在我身上留下了发紧的喉咙,我不禁毛骨悚然。

没有 B 的消息,我像个烂醉的瞎子走在一条没有尽头的路上,而且我觉得,整个世界仿佛都与我一起走在这条路上(沉默的、无聊的、除了无尽的等待别无选择的世界)。

今早下雪了,我独自一人,没有生火。答案将是:火把、暖气和 B。但酒精将注满杯子,B 将嬉笑,并谈论 A,我们将睡去,像野兽一般赤裸,像星尘因任何想象得到的理由逃离天空……

我收到了漂亮的回复,回复的间隙是 B 的裸体和她的笑声。但意义几乎没有改变。没有什么是没有提前被死亡窃取的。最漂亮的回复不正是最

---

① 见《旧约·以西结书》18:2。——译注

粗鲁的回复吗？她用快乐的动作——挑衅的、无力的——宣布了自己的悲惨（就像那一晚，A 面前 B 的赤裸）。

B 面对着神父，笑着，从腿一直到胸部都狂野地赤裸着，在这样的时刻，她的傲慢让人想起那些受酷刑折磨的情人，把自己的舌头吐到刽子手的脸上。这个动作难道不是最自由（火舌在夜里一直蹿到云端）、最色情、最平淡的吗？我试图在写作中抓住它的一丝反光，然而什么都没有……我在夜里没有火没有光地走了，一切都从我身上逃离。

哦，疯狂的不幸，没有遗憾，没有焦虑！这样撕裂人的大火，我热切地渴望着自己被它燃烧。在死亡与身体的疼痛之间——还有比死亡与疼痛更为深刻的快感——我把自己拽入一个忧伤的夜，它位于睡眠的边缘。

记忆的无能。去年我去塔巴兰舞厅看演出。我提前已经对女孩们的裸体垂涎不已（有时各种颜色的吊袜带、放在椅子上的系袜带更容易让人联想到最糟糕的事，那秀色可餐的赤裸的肉体——我很少会看到戏台上的姑娘而不深入了解她们平淡的秘密,比在床上时更为深入)。我几个月没出门了。我去塔巴兰,就像是去参加一场节庆活动,这活动因轻易能得到的红唇和性而闪闪发光。我提前就在幻想女孩们组成的快乐人群——那么美丽,为裸体的快乐而生——当我喝酒时,快感像体液一般从我身上涌上来:我就要看到了,我提前感到幸福。在入场时我已经醉了。我迫不及待,我想坐到第一排,结果我到得太早(但是,无论等待演出有多么恼人,这等待始终让人如临仙境)。我不得不为我自己要了一瓶香槟。不一会儿,我就把这瓶香槟喝光了。醉意最后击垮了我:当我从昏昏沉沉的状态中醒来时,演出已经结束,大厅空空如也,而我的头脑更加空洞。好像我什么都没有看到。从头到尾,我的记忆中只有一个黑洞。

我出门,外面断电了。我身上漆黑一片,就像街道一样。

那个夜晚,我没有想到我祖父母的记忆。沼泽地的浓雾将他们困到泥地里,他们因焦虑而眼睛干涩,嘴唇紧抿。他们从他们的恶劣条件中获得了诅咒他人的权利,从他们的痛苦和尖刻中取得了领导世界的原则。

我之所以焦虑,并不仅仅因为我知道自己是自由的。这焦虑要求一种可能性,既吸引我,又令我害怕。焦虑就像眩晕,它不同于理性的恐惧。坠落的可能性令人担忧,但如果坠落的前景非但没有令受惊吓的人躲开,反而在此人身上找到了某种不情愿的共犯心理,那么忧虑就会加倍:眩晕的魅力归根到底不过是一种于不知不觉间承受的欲望。感官刺激也是如此。让一个漂亮女孩从膝盖到腰带部位保持全裸,欲望让一个由赤裸表明的可能性的形象变得活跃。有些人对此无动于衷,同样地,并不是所有人都会感到眩晕。对深渊的纯粹的欲望很难想象,因为其结果是立即的死亡。但是,我却可以喜欢女孩在我面前赤身裸体。就算深渊在我看来能满足我的期待,我也会立即否定这个答案,相比之下,女孩们的小腹只是缓慢揭示出某种类似深渊的性质。如果它永远是唾手可得的,对自己无动于衷,永远漂亮,永远裸露于欲望之下,同时,如果我有永不衰竭的力量,那么它就不会是深渊。但是,即便它没有沟壑那毫无过渡就进入黑暗的特征,它仍然是空洞的,仍然会导向恐怖。

今晚我心情阴郁：祖母在泥土中抿紧嘴唇的快乐，我对自己怀有的遭天谴的恶意。这是那天晚上的快乐留给今天的一点东西（大开的漂亮浴袍，两腿间的空洞，充满挑衅意味的笑声）。

我早该料到 B 会害怕。

现在轮到我害怕了。

在讲老鼠的故事时，我怎么就没有掂量事态的恐怖程度呢？

（神父笑了，可是他的眼睛睁大了。我接连讲了两个故事：

X（他已经死了二十年，他是我们时代唯一一位渴望作品的丰富性能与《一千零一夜》相媲美的作家）来到一个旅店房间，进出这里的都是穿着不同制服的人（龙骑兵、消防员、海员、保安警察或送货员）。一条带花边的被子盖住了躺在床上的 X。扮演各种角色的人物在房间里穿梭往来，一言不发。最后到来的是一个被 X 爱慕的年轻电梯员，他穿着最漂亮的制服，提着一个笼子，笼子里面有一只活老鼠。把鼠笼放到小圆桌上后，电梯员拿起一枚固定帽子的别针,用它戳穿了老鼠。当别针刺穿老鼠心脏时,X弄湿了花边被子。

X还常去圣塞弗兰区一个狭窄的地下室。

"太太,"他问老板娘,"你们今天有老鼠吗?"

老板娘满足了X的期待。

"有的,先生,"她说,"我们有老鼠。"

"啊……"

"可是,"X又说,"这些老鼠,太太,这些老鼠漂亮吗?"

"是的,先生,非常漂亮的老鼠。"

"真的吗?可是这些老鼠……它们肥吗?"

"您会看到的,都是些硕大无比的老鼠。"

"正合我意,您瞧,硕大无比的老鼠……"

"啊,先生,它们是巨鼠……"

X于是朝一个等着他的老女人扑去。

我按照故事结尾应该有的样子讲了故事的结尾。

A起身,对B说:

"真可惜,亲爱的朋友,您那么年轻……"

"我也觉得很遗憾,我的神父。"

"因为没有八哥,不是吗?"

（甚至优雅人士的……也如老鼠般硕大。）

这不完全是跌入虚空：正如坠落会让人叫喊，一道火焰升起……但火焰就像尖叫声，无法被抓住。

最糟糕的可能是一种相对持续的时间，让人误以为抓住了些什么，至少将抓住些什么。留在手中的是女人，而且两件事取其一：要么女人逃离我们，要么，如同虚空坠落那样的爱情逃离我们。在后一种情况下，我们像轻信的人那样放下心来。发生在我们身上的最好的事，是需要寻找那个失去的时刻（在这个时刻，我们偷偷——甚至怀有一丝幸福感，同时又随时准备为此赴死——发出了唯一一声尖叫）。

儿童惊恐的尖叫，然而也是感受到尖锐幸福的尖叫。

这些老鼠从我们的眼睛里爬出来，就像我们居住在坟墓里一般……：A本人就有着老鼠的激情和性格，而且，由于我们既不知道他来自哪里也不知道他流连于何处，这就更容易让人提防他。

女孩子身上位于膝盖和腰带之间的部位，那强烈满足期待的部位，它满足期待的方式，就像一只老鼠过境，无法掌控。吸引我们的东西让我们眩晕：平淡乏味的事物、褶皱和下水道，其精髓是致幻的，与人坠落其中的沟壑的虚空一样。虚空也吸引着我，否则我不会感到眩晕。如果我坠落其中，我就会死亡，可是面对虚空，我能做些什么？如果我能在坠落后生还，我会检验欲望的无效性，正如我无数次在"小死亡"①时做的那样。

毫无疑问，"小死亡"会瞬间令欲望衰竭（取消），将我们置于一种境地，仿佛我们位于深渊的边缘，却对虚空的诱惑无动于衷。

夜里，在欲望满足后的放松状态中，A与B同我一起躺着，讨论着最不着边际的政治问题，场面十分滑稽。

---

① 原文为"la petite mort"，意即晕厥，在口语中影射性高潮。——译注

我摸着 B 的头。

A 将 B 的赤脚握在手中。B 缺乏最起码的得体举止。

我们谈论了形而上学。

我们找回了对话的传统！

我会记下当时的对话吗？今天我不准备记了，我很烦躁。

太焦虑了（因为 B 不在）。

让我吃惊的是，如果现在转述当时的对话，我就会放弃对欲望的追寻。

可是，这一刻的欲望令我失明。

就像狗啃一根骨头……

我会放弃我那不幸的追寻吗？

同时也应该指出：当最具张力的语言不是最灵活的语言时，生命本身比语言更灵活——哪怕语言是疯狂的（我不停地跟 B 开玩笑，我们随心所欲地取笑对方，但是，尽管我试图诚实，我还是没法说得更多。我像孩子哭泣一般写作：孩子慢慢放弃了哭泣的理由）。

我会失去写作的理由吗？

甚至……

如果我谈论战争，谈论酷刑……：由于战争、酷刑今天处于通用语言所确定的位置，因此我将偏离自己谈论的对象——这会把我带至允许范围之外。

由此，我还看到哲学思考是如何叛变的：它无法回应期待，因为它只有一个确定的对象——对其的定义建立于另一个被预先界定的对象上——以致与欲望对象相对立的哲学对象从来只表现出漠然。

谁会拒绝看到，在轻佻的表象下，我的对象才是根本的，其他对象虽被视作最为要紧，但其本质上不过是一些手段，用以通向对我的对象的期待？自由如果不是生活于极限处的自由，一切解释都在此解体，那么自由就什么也不是。

那晚的赤裸是实践我想法的唯一场所，但我的思想最终令它失效（因为过度的欲望）。

B的赤裸威胁到了我的期待，而唯有期待才能质疑事物的本质（期待将我从已知中拽出，因为失去的时刻永远失去了；在似曾相识的表象下，我奋力追寻着界限之外的东西——未知）。

哲学有什么要紧！既然它是天真的抗议，是我们能在心平气和情况下进行的质询。假如我们不是立足于预先给定的知识，我们怎么会心平气和呢？在思想那紧张的端点引入一种形而上学元素，这会滑稽地揭示出某种东西的精髓，这种东西就是哲学。

这种对话，唯有在紧接着……而来的虚弱状态中才有可能进行。

只有在心平气和时才能谈论战争（心平气和，对和平的贪欲），这让人恼火，以致彻底思考这个问题后，我写了这本书，它似乎出自一个冷漠的盲人之手。

（像通常人们所做的那样谈论战争，这归根到底是要求人们忘掉不可能性。对于哲学也是如此。如果不松弛下来，我们就无法直面事物——甚至打仗和自相残杀都会令我们的视线离开不可能性。）

当我像今天那样，瞥见事物的简单本质（在某个无限好的机会下，濒死状态会毫无保留地揭示这种本质），我知道我应该闭嘴：在说话时，我延迟了不可挽回的时刻的到来。

刚才收到 B 的简短回复，盖有 V 城（阿尔代什的一个小城市）邮戳，字迹有点幼稚（六天的沉寂之后）：

> 有点受伤，我用左手写的。
> 恶梦中的场景。
> 再见。
> 还是吻一下神父。
>
> > B

生存还有什么意义呢？

继续已经失败的游戏？

没有任何理由写作或连夜去火车站。或者有一个理由：我更喜欢在火车上过夜，最好还是三等车厢。再或者：如果像去年那样，B 家庄园的守林人在雪中把我打得鼻青脸肿，我知道有人会大笑。

当然是我自己了!

我早该料到了。B逃到她父亲家去了……
泄气。

就让B躲开我吧,逃到我无论如何够不着的地方,尽管那老酒鬼会揍她(她的父亲,那颗嘴里不停念叨着账目的老蛋),尽管她曾发誓……我觉得越来越不舒服。

我笑了,一个人笑了。我吹着口哨站起来,我任自己跌倒在地,就好像吹口哨一下子用尽了我身上仅有的一点力气。我趴在地毯上哭起来。

B是自己离开的。然而……

没有人像她那样挑战过（A的）命运。

我心里很清楚：她压根没往这方面想。但我却意识到了（多么清楚的意识啊，而意识让人痛苦！像脸颊一般浮肿的意识！B会从我身边逃开一点都不奇怪！）。

太阳穴一直在跳。外面下雪了。好像已经下了好几天。我发烧了，我憎恨体温的上升；几天来，我的孤独实在疯狂。现在，连房间都开始撒谎：里面实在太冷了，又没有生火，我把双手放到被子底下后，就没那么走投无路，太阳穴也跳得没那么快了。半睡半醒之间，我梦见自己死了：房间里的寒冷是我的棺材，城里的房子是其他墓穴。我渐渐习惯。对于自己不幸的事实，我并非没有一点骄傲。我一直在发抖，没有希望，像流沙一般形神涣散。

荒诞，没有限度的无能：在离 B 几步之遥处，在这个小城市的旅店里生着病，没有任何办法能够见到她。

如果她在巴黎找到我在 V 城旅店的地址，她会给我写信吗？

我觉得她会放弃与霉运抗争的念头。

有好几次，我决定让人给她捎信。

她会不会来，甚至能不能来都是个问题（小城市没有秘密）。我无休止地盘算着；毫无疑问，信会被埃德隆（守林人兼门房）截下，并转交给父亲。然后会有人来敲我的门，而且，像去年那样，敲门的不是 B，而是矮个子埃德隆（像老鼠一样瘦小敏捷的老头），他会扑向我，然后像去年那样，用棍子揍我一顿。最糟糕的是，这次我不会再吃惊了，却什么也做不了。我躺在床上，没有半点力气。

哦,假冒伪劣的唐璜,在冰冷的旅店里,成为骑士的门房的手下败将!

去年是在雪地里,在我等 B 的十字路口:他冲过来,我没有意识到他要袭击我,但意识到自己头上挨了一拳。我失去知觉,之后又被老头踢醒。他打了我的脸,我脸上全是血。他没有坚持太久,跑着离开了,像来时那样。

我用双手撑着坐起来,看我的血流下来。从我的鼻子、嘴里流到雪地上。我站起来,在阳光下撒尿。我被伤口牵制,浑身疼痛。我感到恶心,由于无法与 B 碰头,我走进夜里,从那一刻开始,过去的每个小时都令我更加深陷、迷失于夜色中。

如果仔细想一想,我(几乎)就能平静下来:矮个子埃德隆并不是原因,我从来没有任何见到 B 的办法。无论如何,B 都会逃离我,像埃德隆那样突然出现,又像他那样突然消失。我选择了这个旅店,它没有安全出口,它有一个空洞无意义的门厅。我不知道我是否会死(可能会?),不过除了在 V 城的旅行,我想不出更好的死亡闹剧。

我牙齿打架，因发烧而浑身发抖，我大笑。我把滚烫的手伸向骑士冰冷的手，我想象与我握手的他变成一个公证人的文员，秃顶，矮小，像纸人一样扁平。但我咽下了笑声：他喝酒，还打他的女儿。B一心想不输给他们，却要在几个星期里看他脸色！而她母亲又生病了……：他在女佣面前像对待妓女一样对待她！他毒打他的女儿，快要把她杀死，与此同时，我却失去了理智。

"实际上，那演员根本不在乎B。甚至不能确定他是否爱她。他那所谓的爱只有在能带给他焦虑时才有意义。他爱的，只是黑夜。他爱B胜过其他女人，那是因为她躲避他，离开他，而且在漫长的逃亡期间，她始终置身于死亡的威胁之下。他真正爱的是黑夜，就像一个堕入情网的人爱他命中注定的女人。"

不是这样的。B本人就是黑夜，渴望成为黑夜。总有一天我会放弃世界，到那时，黑夜还是黑夜，而我会死去。但活着的时候，我所爱的，是生活对黑夜的爱。我的生活，既然它拥有必要的力量，那么它是对某个将它带向黑夜的事物的等待，这是正确的。我们徒劳地挣扎着寻找幸福:黑夜要求我们拿出爱它的力量。如果我们继续生存下去,我们就得找到必要的力量,然后出于对黑夜的爱,耗费这些力量。

离开巴黎时,我切断了与过去的一切联系。从一开始,我在 V 城的生活就和一个噩梦相差无几,剩下的只是荒诞:我的全部运气是在无法忍受的条件下生病。

别人向我转来一封来自巴黎的信:我那么伤心,以致在某些时刻,我会突然大声呻吟起来。

这封信跟第一封一样,是用左手写的,不过没那么犹豫不决:

"……我父亲,"她说,"扯着我的头发,拖着我穿过几个房间。我叫起来:实在太疼了。我母亲差点用手捂住我的嘴。他会杀了我们,我母亲和我,他说,然后他会杀了你,因为他冷笑着说:他不想让你不幸!他抓起我的一根手指,把它弯了过来,那么狠毒,导致我的手指骨折了。我也没想过疼痛居然可以剧烈到这种程度。发生的这一切,我很难理解:窗子开着,我大叫时,正好有一群乌鸦飞过,它们的叫声与我的叫声混在起来。我可能疯了。

"他对你很警惕:吃饭时间一到,他会去各家旅店,穿过它们的餐厅。他疯了:医生想让他住院,但他老婆跟我们一样疯狂,她不想听到这个事实……他从早到晚都想着你:你是他最痛恨的对象。每次一说起你,他那蛤蟆一样的头里就会吐出一条小红舌头。

"我不知道为什么,每时每刻他都叫你'英国绅士'和'凯门鳄'。他说你会娶我,因为他说,你想要财产和城堡:我们将会举行'冥婚'!"

我肯定也疯了,在我的房间里。

我要一边在我的大衣下瑟瑟发抖,一边去雪中的城堡筑巢。铁门口会出现老埃德隆。我将看到他那狡猾、狂怒的嘴,但我听不到他咒骂我,因为咒骂声会被狗叫声盖住!

我在床上蜷缩成一团:我哭了。

凯门鳄的眼泪!

她,B,她不会哭,她从来没哭过。

我想象她在城堡的某条走廊里,像一阵穿堂风,猛地关上一扇又一扇门,一边忍不住取笑我那凯门鳄的眼泪。

雪还在下。

听到脚步声在旅店里响起,我的心便跳得更加剧烈:去邮局的 B 会发现我的信,然后到这里来吗?

有人敲门,我不再怀疑,我相信是她来了,相信将她与我分隔的墙会打开……我已经在想象那转瞬即逝的快乐:那么多日夜之后,我又见到了她。A 神父打开门,面带微笑,眼中有一种奇怪的嘲讽意味。

"我收到了 B 的消息,"他对我说,"终于收到一封要我来这里的信。您没有任何办法,她说。我嘛,我有袍子……"

我恳求他立即动身去城堡。

他看到一周没刮胡子的我面容消瘦,神色憔悴。

"您怎么了?我会把您的近况告诉她的。"

"我病了,"我对他说,"我没能通知她。我收到的消息没您收到的消息新。"

我向他描述了自己的状况。

"我忘了，"我接着说，"在哪里看到过这句话：
'这件僧袍无疑是个不祥之兆'。我想象了最糟糕
的情况。"

"放心吧，"他说，"我在旅店里跟人聊过了。在
一个小城市里，不幸的事很快就会传开。"

"城堡离这里远吗？"

"三公里。几个小时前 B 应该还活着。我们无
法获得更进一步的消息了。我先把火给您生起来，
您的房间冷得像个冰川。"

我就知道她不会去邮局取信！

现在怎么办？

我的信使在雪中飞奔：他像那些乌鸦，后者的
叫声与房间里 B 的叫声混在一起。

这些飞过雪地的乌鸦可能会伴随耶稣会士，前
往 B 发出叫声的那个房间。我同时也想象了 B 的
裸体（她的胸、她的腰、她的毛发）、施刑者的蛤蟆
脸、红色的舌头：现在，又加上了乌鸦、神父。

我觉得我的心慢慢被搅乱，就像人们突然触及
事物的秘密。

　　A像只老鼠一样溜走了!

　　我手忙脚乱,窗户朝虚空开着,我说了句让人恼火的"随便吧!",仿佛在死亡事件的前夕,我被时间束缚、纠缠……

　　仿佛父亲城堡里(在他女儿——我的情人,与她的情人——耶稣会士之间)的相遇给我的痛苦增添了某种无法弄清的极端性……

我身上升起的是哪种晨曦？

哪种无法想象的光明？照亮了雪、僧袍、乌鸦……

……那么冷，那么痛苦，那么下流！可是这准确的时钟（神父），能胜任最棘手的任务，却被迫牙齿打架！……

……我不知道在我头脑里——在云端——像触摸不到的——炫目的——石磨般打转的是什么，它是无止境的虚空、严酷的寒冷，像白色武器一般令人获得解放……

……哦,我的病,多么令人心寒的激动,达到了谋杀的程度……

……从此我不再有界限:在我身上,在虚空中吱嘎作响的是一种令人精疲力竭的痛苦,除了死亡,它没有别的出路……

B痛苦的叫声、土地、天空和寒冷像情爱中的腹部一样赤裸……

………………………………

………………………………

………………………………

………………………………

…………………A站在门槛上,牙齿打架,他扑向B,在寒冷中撕掉她的衣服,让她赤身裸体。这时父亲(不是神父 A,而是 B 的父亲)来了,这个狡猾的小老头笑得像个傻子,温柔地说:"我就知道,这一切都是闹剧!"…………………

………………………………

…………………小老头,父亲,轻手轻脚,面带讥讽之色地跨过门槛上那两个疯狂的人(他们躺在雪地上,他们身边即使有粪便——不要忘了僧袍,尤其不要忘了死亡的汗水——在我看来也是纯净的):他把手搭成扩音器状(父亲,眼睛因邪恶而闪

闪发光），低声喊道："埃德隆！"·············

························

···········某种秃顶的、有小胡子的生物，走
路像小偷一样鬼鬼祟祟，一个温柔的人，一个像筹
码一样虚假的人，一阵可爱的咯咯笑声。他低声喊
道："埃德隆！猎枪！"··················

＊··························

·························大雪那
沉睡的宁静中，回响起一个爆炸声。··········

＊··························

＊··························

醒来时我有点不舒服,心情却很好。

存在通过自身中那些倾斜的侧面来逃脱死亡贫瘠的简单性,但这些侧面经常只有在漠然的清醒状态下才能被揭示:只有漠然的愉快恶意才能触及这些遥远的界限,在这些边界地带,连悲剧性都不敢自命不凡。存在也是悲剧性的,但它并不沉重。我们通常只能以痉挛的姿态进入这些令人慌乱的区域,这归根到底令人遗憾。

A 这样一个……的人,竟会在我梦游一般的行动中引导我,这有些古怪。

在这个静止的时刻,连 B 可能会死的念头都令我无动于衷，但我并不怀疑，如果我不像现在这样爱她，我就不可能经历自己目前的状态。

理性并不重要。一年里，A一直在帮我清醒地提出这些问题，都是贫瘠的思考迫使生活承受的问题（贫瘠，结论下得有点快，因为贫富的定义都是思考的结果！）。A空洞的清醒和他用来对抗一切不清醒之物的轻蔑侵占了我，仿佛一阵风侵入窗洞大开的破房。（不过我确实应该保留这个意见，A会嘲笑这个比喻，因为它立即让人发现蔑视行为缺乏自信。）

A的空虚：就是没有欲望（不再期待任何东西）。清醒排斥欲望（或者可能会杀死欲望，我不知道）：留下来的东西，他能够控制，而我……

可是，确实，应该怎么评价我自己呢？在这个极端的、令人精疲力竭的时刻，我可以想象自己任欲望膨胀，以便找到那个最后的时刻，让所能想象的最强烈的光线照耀人类双眼很难看到的东西，被黑夜照亮的光线！

我太累了！每件事发生时都很简单，写下来时怎么就这么模棱两可？黑夜与光线是一回事……，当然不是了。真相是，从目前我所处的状态看，除了说一切都已结束，再没别的话可说了。

很古怪，一切元素存在于一种滑稽的氛围中，我还能分辨出它们，看到它们的滑稽之处，问题恰恰在于，滑稽程度太深，以致无法再讨论它。

无论如何都不可能和解的事物完全和解了：在这新的光线下，分歧从来没有显得如此巨大。对B的爱使我嘲笑她的死亡和她的痛苦（我不会嘲笑其他任何人的死亡），我的爱的纯粹剥光了她的衣服，直至把她放到粪堆里。

想到A神父刚才可能冻死了，这个念头帮了我一把。他很难被搅乱心绪。很遗憾。

很显然，我怀疑是否曾想……我曾受折磨。目前我的状态，也就是尖锐的清醒状态，它是一种被放大的焦虑的后果。我知道这种焦虑一会还会卷土重来。

A的清醒取决于欲望的缺席，我的清醒则是欲望过剩的结果——可能后者才是唯一真正的清醒。
如果清醒只是对谵妄的否定,那么清醒就不是完全
的清醒,它仍然是一种不敢破釜沉舟的恐惧——恐
惧转变成了厌倦,也就是对某种过度欲望的对象的
蔑视。我们与自己说理,我们对自己说:这个对象
本身没有价值,是欲望赋予了它价值。我们没有发
现我们所获得的单纯的清醒还是盲目的。我们还
需要在同一时刻看到对象的谎言与真实。也许我
们应该知道,我们是在自我欺骗,而对象首先是某
个无欲望的人所能分辨出来的东西,然而,它也是
欲望在这个对象上分辨出来的东西。B 也是这样的
存在,唯独谵妄的极端性才能触及她,而如果我的
谵妄没那么强烈,我的清醒就不复存在。就好像如
果我没有发现 B 身上其他可笑的方面,我的清醒也
不复存在一样。

天黑了,火灭了,我可能很快就会停止写作,因
为寒冷迫使我把手缩进袖子。窗帘没有拉上,透过
玻璃窗我猜到了雪的宁静。低矮的天空下,这无限
的宁静向我压来,令我害怕,如死亡中伸展的尸体
那无法抓住的在场一般沉重。

被死亡包裹的宁静，现在我觉得只有它才能产生一种无比温柔然而无比自由的兴奋，后者完全脱轨又十分无力。当死去的 M 躺在我面前，和雪的宁静一样美丽、倾斜，和雪的宁静一样不引人注目，但又和雪的宁静、和寒冷一样，因过度的僵硬而疯狂时，我已经体会过这种无边的温柔，它其实就是一种极度的不幸。

……当堕落本身是死亡的自由，那么回忆起这种堕落时，死亡是多么宁静！在堕落之中，爱是多么强烈！爱中的堕落！

……如果此时我想到——在这个离衰弱、离身体与精神厌恶最遥远的时刻——雪中的老鼠那粉红色的尾巴，我就觉得自己进入了"存在"的私密处，一种轻微的不适让我心脏痉挛。而且毫无疑问，我知道死去的 M 的秘密，它如同老鼠的尾巴，像老鼠尾巴一样美丽！我早就知道，在事物私密处的，是死亡。

……而且自然地，赤裸是死亡——而且尤其因为裸体是美丽的，它"死"得更为透彻！

在片刻的无边温柔之后，焦虑又慢慢回来了……

已经很晚了。A还没有回来。他至少应该打个电话，通知一下旅店。

想到那根被疯子故意折断的手指……

晚归、沉默、我的等待向恐惧敞开大门。天已经黑了几个小时了。我平时一般都很冷静，甚至在受焦虑折磨的那些糟糕时刻也是如此，此时这冷静渐渐离我而去。某个回忆像苦涩的挑战一般涌上心头，有关一个女工（她迷惑了我）某天跟我说过的一件事：她的老板曾经夸口，1914年7月，他囤积了数以千计的寡妇面纱。

　　对等不来的事物的可怕等待，寡妇的等待，已经无可挽回地成寡妇了，却无法知道真相，活在希望之中。心跳加速的每个瞬间都在对我说，希望是疯狂的（我们曾约定，如果 A 不回来，就打电话告知）。

　　有关我对 B 的死亡所表现的冷漠，不要再提任何问题，否则我会因曾有过这种冷漠而发抖。

　　我在假设中迷失了自己，但事实已然铸就。

第二本日记

打电话带来的希望：我起身，披上外套，冲下楼梯，在走廊深处，感觉到——终于——一种超越人类极限的疲惫，没有退路可以想象。我真真切切地发抖了。现在，想起我曾发抖，我觉得我在此世的全部存在都仅化为这个颤栗，仿佛我整个人生除了懦弱没有其他意义。

一个胡子拉碴之人的懦弱，在车站旅馆冰窖一般的走廊里游荡，几乎痛哭出声，分不清诊所的光线（没有一点现实感）和最终的黑暗（死亡）之间的区别，在此世的全部存在都仅化为这个颤栗。

电话里的等待铃声响了那么久，导致我开始想象整个城堡是否都已被死亡笼罩。最后，一个女人接了电话。我请 A 听电话。

"他不在。"这个声音说。

"什么?"我叫起来。我明白无误地坚持自己的请求。

"这位先生可能在别的地方。"

我发出抗议。

"在家里的其他地方,"这个声音说,"但这位先生不在办公室。"

她用一种出人意料的语调,既不愚蠢也不狡猾地说:

"城堡里发生了一些事。"

"求求您了,太太,"我哀求道,"这位先生肯定在。如果他还活着,请您告诉他有人打电话找他。"

回复我的是强忍住的笑声,但这和善的声音让步了:

"好的,先生,我去跟他说。"

我听到听筒放下的声音,甚至听到远去的脚步声。有人关上门,之后就什么都听不到了。

在最不耐烦的时刻,我似乎听到一声喊叫声,仿佛还有餐具打碎的声音。无法忍受的等待一直持续着。一段长得没有尽头的时间过后,我确信别人已经挂断了电话。我挂上电话又重播,但听到的

回复是:"正忙。"在试第六次时,接线员说:

"请别再坚持了,电话那头没有人。"

"什么?"我叫道。

"听筒被摘下来了,但没有人说话。我们什么都做不了。人家可能忘记电话了。"

确实,再坚持也没有用。

我在电话间里站起身,呻吟道:

"整夜都等……"

一点希望都没有了,然而我被不惜一切代价都要知道的念头占据。

回到房间,我在一张椅子上坐下来,我冻僵了,缩成一团。

最后我终于站起来。我太虚弱了,连穿衣服都让我花费了不可思议的力气,我哭起来。

在楼梯上,我不得不停下来,在墙上靠了一会。

外面下着雪。我面前是火车站大楼,一个工业用圆柱形燃气包。被寒冷闷死、剁碎的我走在纯白的雪地里,我在雪中的脚步和我的颤抖(我的牙齿在疯狂地打架)表现出疯狂的无能。

我伛偻着身子,发出"哦……哦……哦……"的颤抖声。我的行为正常吗?努力不懈地行动,在雪中迷失方向。这个计划只有一个意义:我完全拒绝等待,我做出了选择。机缘巧合,可能那天只有一种避免等待的方法。

"而且,"我对自己说(我不知道自己是否不堪重负,因为到最后困难反而让我感到轻松),"我唯一能做的事超越了我的能力。"

我想:

"恰恰因为这事超越了我的能力,而且在任何情况下都无法成功——门房、狗……——,所以我更不能放弃。"

被风驱赶的雪打在我脸上,模糊了我的视线。我在夜里向一种世界末日般的沉默发出诅咒。

在这孤独中,我像一个疯子般呻吟:

"我太不幸了!"

我的叫声根基不稳。

我听到自己鞋子的吱嘎声：雪渐渐遮盖了我的脚印，仿佛——很显然地——我再也不能回头。

我在夜色中前行：一想到退路已被切断，我就平静下来。这个念头让我的精神状态适应了极度的寒冷！一个人从咖啡馆出来，消失在雪中。我看到明亮的内室，我朝大门走去，打开了门。

我把帽子上的雪抖落。

我走到火炉旁：那一刻，我感觉自己无比喜爱火炉的热气，这种感觉让我心情糟糕。

"所以，"我心想，同时内心暗自发笑，"我不回去了，我不走了！"

三个铁路工在玩日本台球。

我要了一杯格罗格酒。老板娘把烧酒倒在一个小杯子里，又把它倒到一个大杯子。我得到了一大杯酒，她笑起来。我想要糖，为了向她讨糖，我试着开了个生硬的玩笑。她大笑出声，往热水里加了糖。

我觉得自己堕落了。玩笑使我成为这些不再
期待任何东西的人的同党。我喝下滚烫的格罗格
酒。我的外套口袋里有抗感冒的药片。我想起它
们的成分中有咖啡因，于是我吞下了几颗。

我变得不真实，轻飘飘的。

身旁有人在玩游戏，游戏中一排排五颜六色的
足球运动员在互相对抗。

酒精和咖啡因令我兴奋：我还活着。

我问老板娘要了……的地址。

我付了钱，离开咖啡馆。

外面，我走上去城堡的路。

雪已经停了，但空气还是冰冷的。我逆风
前行。

我现在迈出的脚步是我的祖先不曾迈出的。
他们生活在沼泽地附近，夜里，世界的恶意、寒冷、
冰冻、泥泞，这一切造就了他们尖酸刻薄的性格：吝
啬，面对极度的痛苦能够无动于衷。我夸张的祈
求，我的等待仍然跟他们的生硬一样，与夜里的自
然有关，但我不再屈从：我的虚伪无法将这可笑的

境况转变成上帝有意施加的考验。这个世界给予
了我——然后收回了——**我爱的东西**。

走进我面前这片辽阔的土地,我受尽了折磨:
雪已经不下了,风吹起了积雪。有些地方的积雪深
过腿肚子。我可能在爬一个到不了头的山坡。冰
冷的风那么紧张、那么愤怒地填满空气,我觉得我
的太阳穴要爆炸,我的耳朵要流血了。想不出任何
办法——除了城堡……那里有埃德隆的狗……死
亡……我走着,在这种条件下,身上充满谵妄的
力量。

我自然很痛苦,可是我也明白,从某种意义上
说,这过度的痛苦是我自找的。与遭严刑拷打的犯
人、忍饥挨饿的流放者、被盐刺激伤口的手指的痛
苦没有任何关系,这些痛苦是经受的,因而也就是
无助的痛苦。在天寒地冻之中,我疯了。我身上沉
睡的非理性能量几乎要爆裂时,我似乎在心底嘲笑
了自己紧咬的可怜嘴唇——可能也大喊大叫地嘲
笑了 B。谁能比我更了解 B 的极限呢?

可是——会有人相信我吗?——天真地自愿
受折磨,B 的极限,这一切只加剧了我的痛苦。在一

派天真中,我的颤抖迫使我向沉默打开自己,这沉默伸展得比任何想象得到的空间都远。

我已经离平静思考的世界很远了,那么远,我的不幸有种空虚的带电的温柔,像被翻转的指甲。

我已到达疲惫的极限,我的力气丧失殆尽。寒冷有着一场战斗一般无法想象、极度紧张的残酷。已经走太远,无法回头,我可能很快会摔倒吧?然后无法动弹,任由被风吹起的雪将我覆盖。一旦摔倒,我很快就会死亡。除非我能在那之前到达城堡……(现在,我嘲笑他们,嘲笑城堡里这些人,到那时他们就能随心所欲地处置我……)。最后我虚弱得不可思议,走得越来越慢,费很大的劲才能把脚从雪地里拉出来,像一只野兽一般,口吐白沫,挣扎到最后一刻,然而在黑夜中,不得不悲惨地死去。

除了知道真相,我什么都不想要了——可能还想用我冻僵的手指触摸一具尸体(我的手已经冰冷,可以与尸体的手融合)——割掉我嘴唇的寒冷像死亡的狂怒:因为吸入寒冷,渴望吸入寒冷,这些难熬的时刻改变了模样。我在周身的空气中又找回了那个永恒的、疯狂的现实,那个现实我只经历

过一次，在一个死者的房间：类似一个被中断的
跳跃。

在那个死人的房间里，有一种石头般的沉默，
令啜泣的边界后退。仿佛因为啜泣再也没有目标，
整个被撕裂的世界从裂缝中透露出无尽的恐怖。
这样一种沉默超越了痛苦。这不是对痛苦所构成
的问题的回答：沉默自然什么都不是，它甚至掩盖
了人们所能想象的答案，令一切可能性中断于安宁
的完全缺席中。

恐怖是那么美好！

归根到底，稀薄的痛苦，痛苦的脆弱本质，稀薄
的现实，恐怖事物那梦一般的质地，这一切都难以
想象。然而，我置身于死亡的气息中。

如果被爱者的死亡没有令恐怖（空虚）达到我
们无法忍受的程度，那么对于我们活着的事实，我
们能知道些什么呢？我们于是知道钥匙能够开启
哪扇门。

世界变化真大啊！从前，沉浸在月光的光晕中，它是那么美！被死亡怀抱的 M 温柔地散发出一种圣洁的光辉，掐住我的喉咙。在死之前，她寻欢作乐了，不过表现得像个孩子——以那种大胆又绝望的方式，可能这正是（啃噬、消耗身体的）圣洁的象征——这件事最终赋予她的焦虑一种过度的意义——跨越界限的跳跃。

被死亡改变模样的东西，我的痛苦触及它，像一声尖叫。

我被撕裂，额头冻僵——一种内在的、痛苦的冰冻，天顶云团间露出的星星终于令我感觉到疼痛：我在寒冷中赤身裸体，孤立无援；在寒冷中，我的头要炸裂了。我会不会摔倒，会不会承受过度的折磨，会不会死亡，这些都不重要了。最后我看到了城堡黑暗的、没有光的庞大身躯。夜扑向我，像鸟儿扑向可怜的猎物，寒冷突然进入我的心脏：我走不到死亡居住的……城堡了；可是**死亡**……

第三章

从我的床上能看到雪地上、阳光下黑压压的一群乌鸦，从我的房间能听到它们的叫声，这是不是？

……同一群乌鸦——就是 B 的父亲……时，回应她的叫声的乌鸦？

在这个充满阳光、被炉暖烤热的房间里醒来，我是多么吃惊！疼痛引起的蜷缩、紧张和断裂感还像一个习惯一般保持着，将我与焦虑捆绑，而我周围的环境其实已经无法解释这种焦虑。我还在抵抗，像某个恶劣把戏的受害者："别忘了你的悲惨处境。"我对自己说。我挣扎着起身，我很难受，两腿不住地打颤。我支撑在一张桌子上移动身体，一片雪花落下来，跌成碎片。室内很暖和，我却在发抖，我古怪地穿着一件太短的衬衫，前襟的下摆只到我的肚脐眼。

B像一阵风一样进来,喊道:

"疯了! 快上床! 不,还是不要了……"她语无伦次地说着,叫喊着。

我像个正哭泣但突然间产生一阵狂笑冲动的婴儿,还想受苦,却再也做不到了……我拉扯着小衬衫的下摆,我因高烧而发抖,我身不由己地笑着,唯一能做的事是阻止这下摆往上跑……B像怒火一般冲过来,然而我看到,怒气冲冲的她其实在笑……

她不得不(我让她这样做的,因为无法再等下去)让我独自待了一会(在我看不到的地方露出窘态或前去探测一下走廊的空洞,这会令她没那么尴尬)。我想着情人们下流的习惯,我虽精疲力竭但很快乐,行动的细节需要的无限时间令我烦躁,让我开心。我必须将我求知的渴望推迟几分钟。放空自己,遗忘自己,像一个死人,在被子里一动不动,"发生了什么事?"这个问题有着一记耳光的快乐。

我紧紧抓住最后一丝焦虑的可能性。

B 怯生生地问我:"你好点了吗?"我一边用"我在哪?"回答她,一边任由自己睁大眼睛,双眼流露出呆滞的恐慌。

"在家。"她说。

"是的,"她又有些尴尬地说,"在城堡里。"

"那么……你父亲呢?"

"你不用操心。"

她露出犯了错误的孩子的神情。

"他死了。"过了一会她说。

她低着头,很快地说出这几个字……

(打电话时的情形明朗了。我后来才知道,在大哭大叫"求求您了,太太"时,我遭到了一个十岁女孩的笑话。)

B 的目光明显有些躲闪。

"他还在这里吗? ……"我又问。

"是的。"

她偷偷瞟了我一眼。

我们的目光相遇：她嘴角浮起一丝笑意。

"你们怎么找到我的？"

我觉得 B 彻底乱了阵脚。说话的是她的绝望：

"我问神父：'为什么那里有一个雪堆？'"

我用病人支离破碎的声音坚持道：

"在什么地方？"

"路上，那条通向城堡的路的入口。"

"你们把我背到这里来的吗？"

"神父和我。"

"你们当时在做什么，神父和你？"

"别再激动了：你现在应该让我说话，别再打断我……我们将近十点时离开家。我们先一起吃了晚饭，A 和我（妈妈不想吃饭）。我尽力了，但我们很难离开。谁能知道你竟昏头到了这种程度？"

她把手放在我额头上。是左手（这一刻，我觉得一切都不对劲起来，她的右手吊着绷带）。

她继续往下说，但她的手颤抖起来。

"我们没有迟到多少：如果你等一下我们的话……"

我虚弱地呻吟起来：

"我什么都不知道。"

"信里写得很清楚……"

我很吃惊,因为我得知有一封交给医生的信应该在七点之前就到达旅店的。A 在信里向我宣布父亲的死讯,告诉我他会晚回,并告诉我 B 会陪他一起来。

我温柔地对 B 说:

"没人送信到旅店(实际上,医生喝醉了,因为他太冷了;他忘记了自己口袋里的信)。"

B 把我的手抓在自己手中,笨拙地把她的手指与我的手指交缠。

"如果你什么都不知道,你应该等待。埃德隆可能会让你自生自灭!而你甚至还没走到房子这里!"

B发现我时，我刚刚摔倒不久。我整个身体已经覆盖上一层薄薄的雪。要是某人——B——没有出人意料地及时出现，我可能很快就冻死了！

B把她的右手从绷带里抽出来，握住左手，我看到，尽管打了石膏，她还是试图绞扭自己的双手。

"我弄疼你了吗?"我问道。

"我不能再回想……"

她沉默了，但她的手继续在裙子上乱动，她接着又说：

"你还有印象吗？从你摔倒的十字路口看，如果从城堡方向来，我们会经过一片小杉树林，道路在这个树林里弯弯曲曲地上升。到达最高点时，我们就到了山口。正当我要看到雪堆时,一阵风刮过,我穿得太少了,不得不忍住尖叫,连 A 都禁不住哆嗦起来。就在那时,我看了一眼我们脚下的房子,我想到了死者,想到他曾折磨我……"

她沉默了。

她痛苦地陷入自己的思绪。

过了很长一段时间,她低着头,继续做着一个困难的绞手动作,又开口说话了——声音很小:

"……好像风有着和他一样的敌意。"

尽管被身体上的疼痛打败,我还是很想尽全力帮助她。那时我突然明白,"雪堆"和我一动不动的身体——跟尸体没有任何区别——在这个夜晚,代表了比她父亲或寒冷更为残酷的存在……我很难承受这可怕的语言——爱情发现的可怕语言……

我们渐渐摆脱了这种沉重状态。

她笑起来:

"你还记得我父亲吗?"

"……一个那么矮小的人……"

"……那么滑稽……他当时气疯了,在他面前浑身发抖。把所有东西都砸了,动作那么可笑……"

"你当时害怕吗?"

"是的……"

她沉默了,但不停地微笑。

最后她终于跟我说:

"他在那边……"

她用目光指了指方向。

"说不清他看起来像什么……像一只癞蛤蟆——一只刚刚吞下苍蝇的癞蛤蟆……他可真丑啊!"

"他还吸引你吗……一直……?"

"他让我着迷。"

有人敲门。

A神父快速穿过房间。

他没有神职人员常有的那种悄无声息的举止。他的克制让我联想到曾在安特卫普动物园看到的瘦削的大猛禽。

他来到床尾,无声地跟我们交换了几个眼神。

B 没有忍住，会心地微笑了一下。

"终于都解决了。"A 说。

筋疲力尽的状态。A 与 B 两人站在床边，像田野里的两只石磨，傍晚的阳光在它们身上投下最后几束光线。

一种梦境的感觉，昏昧的感觉。我应该说几句话，但我那不忠诚的记性丢失了我本该不惜一切代价说的话。我内心很紧张，但我忘记了。

一种难以承受的、不可撤销的感受，同火苗的轰隆声有关。

B 又添了一些柴火，关上了暖炉的门。

Λ 和 B 一个坐在椅子上，一个坐在扶手椅里。屋子里稍远处有一具尸体。

A 有着禽鸟的长长的侧影，冷酷，无益，"改变用途的教会"。

叫来看我的医生为自己前一晚忘了送信而道歉。他诊断我肺部充血——小毛病。

四面八方，皆是遗忘……

我想象着华丽房间里那个头顶发亮的小小尸体。天黑了，外面是明亮的天空，雪，风。现在是平静的无聊，房间里的温暖。我的绝望终于变得无边无际，这恰恰因为表面看来它正好相反。严肃的 A 跟 B 探讨着电暖的问题："……几分钟之内就能升到 20 度……"B 回答说："……太棒了……"脸庞与声音消失在黑暗中。

我孤单一人，丈量着疼痛的范围：一种永不停歇的平静。昨夜的过激行为都白费了！极度清醒、固执、幸福（偶然）曾引导我：现在我位于城堡的中心，我住在死者的房子里，我已经越过了极限。

我的思绪消失于四面八方。我试图赋予事物一种它们不具备的价值，我太愚蠢。这个无法进入的城堡——疯狂或死亡居于其间——不过是一个与其他场所别无二致的场所。前夜我似乎意识到了自己的把戏：这是闹剧，甚至是谎言。

我隐约看到别人的身影。他们不再说话，黑夜将他们抹杀。生病时住在逝者的家，这怎么说也是我的运气：我那暗自感受到的不适，我那令人心碎的、真实性可疑的愉悦。

至少秃子现在没有生命了,真实地死了,可是真实地意味着什么呢?

从 A 给人的感觉看,我无法很好估量他的悲惨处境。我想到一种把自己乏味的明澈安插入宇宙之平静的思考。通过这些前后相继然而缓慢的行动和思考,通过这些归根到底不过是清醒的谨慎的胆识游戏,他能达到什么目的呢?

听他的意思,他的恶只有一个目的:赋予他的立场一种物质的结局。

骗子!想到最后我总结道。

(我病恹恹的,心情平静。)

他真的不知道自己的企图跟一颗骰子一般厚颜无耻吗?

没人比他更像一颗骰子,从偶然,从深渊底部获取某个可笑的消息。

这部分真实,我们肯定能从智力游戏中获得……

如何否认智力的深度与广度呢?

然而。

智力的顶峰同时也是智力的决堤之处。

智力消失了：定义人类智力的，是智力脱离人类掌控的事实。从外部看，智力是孱弱的：A 只是一个被自己可能性的深度陶醉的人，没人能够抵御这一点，除非一种更大的深度给予我们一种——相较于其他人的——（显现或隐藏的）优越感。最高的智力从根本上说是受骗最深的：我们以为我们在了解真相，实际上我们所做的只是——而且还徒劳地——逃离所有人显而易见的愚蠢。事实上，没有人拥有大家自认有的东西：那多出来的一点什么。认为自己最强的信念是这些人的护身符，而他们幼稚地信仰着这护身符。

在我之前没人能做到的，我也无法做到，在我逼迫自己做成时，我只能模仿别人的错误：我由此背负了别人的重量。更有甚者，在我自以为是唯一没有投降的人时，我只不过是他们，被同一种关系捆缚，在同一个牢狱中。

我投降了：A 和我，在 B 身旁，在一个神秘的城堡里……

在智力的宴会上，出席的是终极的骗术！

甚至那个秃子,在旁边,已死亡,他难道没有一种伪装的僵硬吗?

他的形象困扰着 B(一个尸体将我们分开)。

像格雷万博物馆里的蜡像一般的死者!

对死者的嫉妒!或者可能是对死亡的嫉妒?

我突然产生了一个清晰的、不可撤销的念头:一种乱伦关系将死者与 B 联系在一起。

我睡着了，很久以后才醒来。

我独自一人。

由于无法满足某个需求，我按了铃。

我静静等待。他们为我留了一盏光线微弱的灯，埃德隆开门时，我起先没认出他来。他站在我面前。他那双丛林野兽的眼睛打量着我。我也打量着他。房间空荡荡的，他慢慢朝床边走来。（不过一件白色的上衣让人放下心来。）

我简单地对他说了一句：

"是我。"

他没有回答。

发现我这一天躺在B的房间里，这超越了他的理解力。

他一句话也没有说。尽管穿着白上衣,他看起来仍像个守林人,而我挑衅的态度也不是主人该有的态度。一个生病的穷人,偷偷潜进城堡,偷吃死者胡子里的残渣,这样的人看起来更像个偷猎者。

我回想他在我面前保持一种不确定的姿态的时间(他,作为主人的人,他神色惊惶,不知道该说些什么,也不知道该如何离开⋯⋯)

我内心忍不住大笑,但我不得不痛苦地止住这笑意:我快窒息了。

尤其是,在这个时刻,本来可能会令我大叫出声的不适感猝不及防地带给我一种闪电般的清醒!

B经常跟我说到埃德隆,说到她父亲,言辞之间让人怀疑这两个男人之间反自然的友情。光明终于降临到我身上⋯⋯从焦虑的背景上显现出B脆弱的勇气,她那痛苦的冷嘲热讽,她各种矛盾的过激行为——时而放纵时而柔顺——在同一时刻,我获得了答案:B,还是小女孩的时候,已经成为两个怪物的牺牲品(我现在很确定了!)。

在这样的情形下,由于非常平静,我感受到焦虑的界限在后退。Ａ一言不发地站在门框里(我没听到他来的声音):"我到底做了什么,"我心想,"以致被以各种方式遗弃在不可能性中?"我的目光从门房身上移到教士身上:我想象被后者否认的上帝。在平静状态下,从我的孤独深处发出的一阵内心的呻吟把我击碎。我是孤独的,这一声呻吟,没有人听到,也没有一只耳朵能够听到。

如果存在上帝,那么我的哀告会产生怎样不可思议的力量呢?

"不过还是想一想吧。从此以后什么都逃不过你的眼睛。如果上帝不存在,那么你孤独之中这撕心裂肺的哀告就是可能性的极限:从这种意义上说,宇宙之中没有什么元素不屈服于它!而它却不屈服于任何东西,它统治一切,但仍然由某种无限的无能意识构成:恰恰是对不可能性的感受!"

某种喜悦心情让我有些飘飘然。

我的目光逼视老人的眼睛，我猜到他内心动摇了。

我意识到，站在门槛上的神父觉得这一切很好玩……

A一动不动（他取笑我，他狡猾的思想并没有排除友情，但它们消失于漠然之中），不过这种状态持续了很短的时间。

（他温柔地把我看成一个疯子。

另外，他也因我的"闹剧"而开心。

我不怀疑焦虑会虚张声势……）

在这个停顿的时刻——我在床上坐直上身面对着看门人，我的生命因我的无能而离我而去——我想到："昨天我在雪地里作弊了，这不是我以为的跳跃。"因A的在场而产生的一点清醒无法改变我的状态：埃德隆站在我面前，而我无法嘲笑他。

起先我想到他可能在外套下藏了把大刀（我知道他确实有把大刀，也知道他自己也想到了这把刀，但他已经无法动弹）。听到铃声，看到他经过，A

害怕……不过他弄错了:泄气的是守林人。

面对着他,我甚至于恐惧之中产生了一丝轻微的胜利感。在 A 面前我也有同样的感觉(在那个瞬间,我的清醒达到了兴奋的程度)。当恐惧达到极点时,我的快乐也变得没有边界。

在上帝永恒的缺席中,我的状态是否超越了宇宙本身,这对我来说已经不再重要……

我周身散发死亡的温柔,我确信存在一种忠诚。B 的绝望远远超越埃德隆和 A,与 M 通过死亡实现的跳跃相遇。B 的快乐,B 的轻佻(不过,我相信此刻她正在死者的房间里,绞扭着双手),都不过是通向赤裸的又一个途径:通向身体连同裙子一起丢弃的**秘密**。

在此之前,我对自己的闹剧从未有清楚的认识——我的整个生活都是演出,我过去产生的好奇心促使我置身现在的处境,在这处境中,闹剧是那么明显,那么真实,以致它说:

"我是闹剧。"

在拼命想看见的念头中,我看得那么远。

世界愤怒、疲惫的面孔。

门房漂亮、可笑的脸……我开心地把他的耻辱从某个无法触及的背景中剥离开来。

突然之间,我明白他要走了,他稍后会回来,把茶端来。

最后,我从各个方面建立了将一事物与另一事物联结起来的纽带:以致每一事物都死亡了(裸露出来)。

……这个**秘密**,身体所放弃的秘密……

B没有哭,但笨拙地绞扭着双手。

……车库的黑暗,雄性的气味,死亡的气味……

……最后,秃子一动不动的尸体……

我有着孩子般的天真,我心想:我的焦虑很强烈,我错愕万分(不过我手中有她裸体的温柔:她那绞扭着的笨拙的手不过是被褪去的衣裙,让人看到……这两者之间已经没有任何差别,而这种痛苦的笨拙将小女孩被围堵的裸体与 A 面前笑盈盈的裸体联系了起来）。

（赤裸只不过是死亡，最温柔的吻也有一种老鼠的回味。）

第二部分

狄安努斯

（摘自阿尔法主教的记事簿）

鸟

……每一行字中都透着焦虑的温柔，就像早晨
阳光下的露珠。

　　……我其实应该……
　　……可是我想抹去自己的脚印……

......疯狂的专注,类似于本质上为迷醉的恐惧,或本质上为恐惧的迷醉......

我心情沮丧,某种敌意促使我呆立在房间的黑暗之中——呆立在死一般的静寂之中。

是时候解开这个像小偷一般溜进屋子的谜团了。(与其像个姑娘一般焦躁不安,不如我也停止生存,以此作为回应。)

现在湖水是黑色的,暴风雨中的森林跟屋子一样死气沉沉。我对自己说:"隔壁房间里有一具死尸!......"同时因为想到击脚跳而微笑,但这一切都是徒劳,我神经紧绷。

E 刚才走了，漫无目的地走进黑夜，由于她甚至无法带上门，门被风重重关上。

我希望能够无限度地支配自己。我一直想象自己是完全自由的，现在我的心被揪紧。我的生活没有出路：世界用不适感包裹着我。它乞求我，要我咬紧牙关。——"想象一下 E 背叛了你（你希望只是肉体出轨），现在又因对一个死人，D 的爱而自杀！"

E 为某个鄙视她的男人耗费了自己的爱。她在他眼中不过是寻欢作乐的伴侣。我已经搞不清我是应该为她的愚蠢而笑——还是应该为我自己的愚蠢而哭。

由于满脑子全是她，和死者，我什么都做不了——只能等待。

苦涩的慰藉：比起荒淫无度的生活，E 选择焦虑地在湖边游荡！我不知道她是否会自杀……

这几天，一想到我那死去的兄弟，即使我跟他感情很深，我仍然觉得自己很难克制住笑。然而现在，死亡就在那里。

很奇怪，自己内心最深处会如此认同一种否认行为，否认自己想要的和自己不停渴望的东西。

或者可能？我希望 D 死……我希望深夜里在湖边徘徊的 E 毫不犹豫地跳下去……现在这种想法令我反感……：就像即将淹死她的湖水令她反感一样。

直至他去世，我兄弟和我都希望生活是一场永不结束的庆典。充满欢乐的漫长的一年！也有一个不和谐之音：D 不拒绝抑郁和羞耻感——他一直都爱笑闹，我猜这与对超越的"无尽兴趣"有关，不仅包括对有限存在的超越，也包括对超越行为本身的超越，我们正是渴望通过这些超越行为，来超越存在的界限。而我呢，现在，他丢下我，置我于沙地上的鱼的境地，我变得神经紧张。

在失眠与疲惫之后，向迷信投降吧！
暴风雨切断了电源，守灵夜没有亮光，这自然很奇怪（不过更令人不安）。

轰隆隆的雷声不停地回应一种恶心感,这是因失去可能性而产生的恶心。一支教堂里用的蜡烛的微光照亮了 E 的一张照片,E 蒙着脸,半裸着,穿着化妆舞会的服装……,我什么都不知道了,我在那里,无依无靠,像个老年人一样空虚。

"天空在你头顶铺展,无边无际,一片黑暗,月亮不祥的光穿越被风驱赶的云层,只是令暴风雨的墨汁更加浓郁。天上地下,你身上,你身外,一切都成为对你的折磨。"

"你就要倒下,不信神的神甫!"然后我惊觉自己站在窗前,冷笑着大声说出这愚蠢的诅咒。

滑稽得那么痛苦!……

在溃败的瞬间,不知道自己会笑还是会哭。无论如何,如果不是因为疲惫,因为潮湿的嘴巴和眼睛的感觉,因为渐渐被磨损的神经的感觉,溃败的瞬间拥有最大的飞跃能量。我希望一会儿站在窗前(在闪电那不可预料的光线揭示宽广的湖和天空的时刻),戴着一只假鼻子向上帝说话。

感觉 E、死者和我像是活在一种无法捉摸的可能性中，一种极度温柔的感觉：死亡的有些刻板而又尊贵的愚蠢，横在床上的尸体某种莫可名状的古怪邪恶感，就像树枝上的鸟儿，一切都停止，一种仙境般的静寂……我和 D 之间那种共犯才有的默契，孩子般的调皮，掘墓人令人毛骨悚然的丑陋（他是个独眼龙，这似乎不是巧合）；水边徘徊的 E（身上一团漆黑，因为害怕撞到树，她伸出手去）……

……就在刚才，我自己也处于空虚的、永无止尽的恐惧状态，根本无法怀疑恐惧不存在：游荡的俄狄浦斯，双目被剜……双手向前伸出……

……一种形象，在某个确切的时刻，就像卡在

食道里的一块东西:赤身裸体的 E 恰好有一个长着
小胡子的假鼻子,而我刚才一直在想这个鼻子……
她合着钢琴声唱着一曲温柔的罗曼司,但曲子猛然
走调:

　　　　……啊! 把你的……放到我的……

　　……因为用一种低俗的暴力唱了歌,她既陶醉
又不知所措:一个愚蠢的微笑坦白了这种超越感。
以至人因兴奋而颤抖。已经有一种轻微的喘息将
我们相连……

　　达到这种剧烈程度时,爱情具有了死亡一般的
严酷。E 身上有野兽的简单、优雅和贪婪的羞
涩……

　　可是,看到自己写下这个与死亡相关的"有"
字,如何——电灯突然又亮了——能不感受到失眠
的空洞,直至颤抖呢……

　　她在狂欢节上的奴隶形象……那一点点衣
服……在刺眼的光线下。

　　我从来没有怀疑过，当那令人无法忍受的东西出现时，晨曦恰好会在我身上升起。我从来没有丧失过——即时此刻也没有——将指挥官石头一般的手握在自己手中的希望。

手持大蜡烛,去重新被黑暗笼罩的房间看躺在鲜花中的死者,山梅花香气和死亡的洗涤剂气味混在一起,这一切多么富有戏剧性!

　　我平静的决心,我简单的冷静与一种无尽的嘲讽外表(死者的面孔有着无法定义的、紧绷的一面)相呼应,要将一种羡慕嫉妒之情与一种忠诚感联系起来是多么困难!可是,帮我承受无法忍受之感的正是这种完全黑色的温情,这温情将我笼罩……

　　以至,回想起他的消沉——与 B 断绝联系后,意志消沉的他决定来……结束自己的生命——,我觉得他给予我的窒息感像是一种快感。

……整个生活是一种黑色的柔情,在类似行刑的清晨——和黎明——的氛围中,把我和 D 联结起来……:既不温柔又不黑暗的东西无法触动我们。在某种无能为力的过分恼怒达到顶点之际,唯一的刺激性元素:D 永远无法获得这种充满仇恨的友谊,在这友谊中,一致性产生自双方都是罪人的确信。

六点已过,E 再也不会回来了……只有死亡是足够美丽的。足够疯狂。我们如何在不死的情况下承受这份沉默?我的这种孤独,可能永远无人能够体会:我只有通过写作才能承受它!可是,既然 E 也想死,那么她显然做不了任何事,来回应我的情绪所透露出的迫切性。

D 有一天笑着对我说,他被两个执念困扰(他因此被逼疯)。第一个执念:任何情况下,他都无法赞美任何事物(他偶尔表达的感激之情后来总表明是虚假的)。第二个执念:由于上帝的阴影已消散,由于广阔的监护力量缺位,他不得不生活在一种不再限制也不再庇护的广阔天地中。这一元素无法依靠狂热的追寻抵达——一种无能令他颤抖——

但我在厄运的平静之中已体会过它（体会的代价是他的死亡……和 E 的死亡：我那无法治愈的孤独）。过去当一个人发现贴在玻璃窗上的手是魔鬼的手时，他可能会觉得恐怖又温柔，现在，沉浸并陶醉于一种无法坦白的温柔之中的我也体会到了这种感觉。

（……我会不会有心情对此嘲笑一番？……）

我真的来到窗边，像个病人一般犹豫不决：惨淡的曙光、湖面上低沉的天空很吻合我的状态。

铁路和信号灯赋予无论如何置身它们领域的事物廉价色彩……：我在一旁发出的疯狂大笑消失在火车站、机械师和凌晨起床的工人组成的世界里。

我一生中遇到过那么多男男女女，从相遇时起，他们没有一刻停止生活，停止思考一件事，之后是另一件事，停止起床，停止洗漱，等等，或者停止睡觉。除非意外或疾病将他们带离世界，而他们在这个世上留下的只是一具让人无法承受的空壳。

几乎没有人能避免现在将我囚禁的处境,时间早晚而已;我所产生的疑问,没有一个是生命和生命的不可能性不曾向他们中的每个人提出的。可是,太阳会令人失明,而且尽管每双眼睛都熟悉刺目的阳光,但没有人会迷失其间。

我不知道我是否会倒下,我手上是否有足够的力气来写完这个句子,然而,无法改变的意志占了上风:当我失去一切时,当这个屋子被永恒的寂静统治时,桌子边上支离破碎的我在那里,像一束光线,可能会摔碎,但仍旧光芒四射。

对 E 死亡的确信曾将我掷入黑暗的光明，当这光明被另一种感觉——感觉到自己的愚蠢——取代时，我的不适——现在不得不说了——是很可悲的。当小径上的石子在 E 的脚下发出吱嘎声时，我从窗边离开，在一个隐蔽的位置观察她：她正是疲惫的化身。她慢慢从我身边经过，垂着手低着头。早晨惨淡的光线里，雨还在下着。在这个无尽的夜晚之后，我是否并不像她那样穷途末路？我觉得她似乎在玩弄我：从高处掉落，我觉得自己很可笑，我的处境在死一般的寂静中混入了丑陋的东西。

然而，如果在某一刻，一个人能够说："我在这里！我忘了一切，到目前为止，一切不过是幻觉和谎言，但噪音已经平息，在眼泪悄无声息流下之际，我听着……"如何能够不看到,这意味着一种奇怪的感觉:被激怒?

我跟 D 的不同之处在于这种能力的爆发。这使我突然像一只猫一般挺起身子。雨一直在下,我隐藏自身。可是,如果 D 和他的死亡没有让我蒙羞,如果,在我内心深处,我没有从 D 的死亡中体会到一种魅力和怒火,那么我便再也无法投入激情的动作。在这由迷失然而陶醉的意识,由我的愚蠢,以及由透过这愚蠢散发的死亡气息所构成的透明的屈辱中,我终于能为自己武装上一根皮鞭。

但这并不能平复心绪……

我的不幸是虔诚的教徒无法回应上帝那不可预见的任性行为的不幸。我来到 E 家,内心想着皮鞭,我离开 E 家,夹着尾巴……甚至更糟。

短暂地逃离疯狂……

E 眼神慌张,牙齿打架发出单调的咒语,只是低声说了一句脏话:"混蛋……"在心不在焉的状态下,她慢慢撕裂了她的裙子,仿佛她已经失去手的合理用途。

我听到自己太阳穴跳动的声音,我兄弟房间的甜腻气息不停地往我大脑里冲,它被花朵的芬芳陶醉了。即使在他的"神圣"时刻,D 也从来没有抵达、没有传递这种散发香气的透明。

没有被生活辐射到的东西,笑声的这种可怜的沉默,被存在的私密性遮蔽的沉默,死亡或许——很罕见地——拥有将其暴露的能力。

这或许是世界的本质:一种令人震惊的天真,没有底限的放弃,一种醉醺醺的情感过剩,一声充满戾气的"无所谓!"……

……甚至基督徒有节制的无限性都通过一种关于界限的痛苦立场,定义了打破一切界限的可能性与必要性。

定义世界的唯一方式是将世界首先缩小至我们的尺度,随后在笑声中发现:它恰恰超越了我们的尺度;基督教最终揭示了真正的存在,就像堤坝在被冲垮的那一刻揭示出一种力量。

当感觉到自己身上有一种无法控制的动作并因此而眩晕时,怎么可能按捺住自己不去反抗、不去诅咒、不去想尽办法给无法接受限度的事物设置一个界限呢? 怎么可能不崩溃,同时告诉自己,一切都要求我停止这种自杀举动呢？而既然无论是 D 的死亡还是 E 的不幸对这种举动都不陌生，那么怎么可能不最终坦言"我无法承受我所是的一切？"刚才我想给一只手武装上皮鞭，现在这只手的颤抖，不就已经是十字架面前的呻吟？

但如果机会改变，这个怀疑和焦虑的时刻将令我的快感加倍！

基督教曾为生活设置必要的界限，因为恐惧将界限安置得太过靠近，基督教由此位于焦虑的色情的源头，位于一切色情的无限性的源头，这不正是人类生存条件的关键所在吗？

我甚至毫不怀疑，如果不是不可告人地闯进 E 家中，我就不会在死者身边感到愉悦：鲜花盛开的房间仿佛一个教堂，用迷醉的长匕首将我刺穿的，不是永恒的光明，而是我兄弟那无法宽恕的空洞笑声。

合谋与亲密的时刻，与死者手拉手。位于深渊边沿的轻松时刻。没有希望、没有出路的时刻。

　　我知道,我只需任由诡计无动于衷地滑移:一种轻微的变化,我把永恒的静止强加到使我恐惧的东西上:我在上帝面前颤抖。我把颤抖的欲望推至无限!

　　如果人类理智(极限)被极限所限定的物体本身超越,如果 E 的理智投降,那么我只能与过度达成一致,这过度反过来会摧毁我自己。但是,焚烧我的过度行为在我身上是爱的和谐,而我不会在上帝面前颤抖,而是因爱颤抖。

在森林非人的寂静中,在硕大的玄色云团那居高临下、气势迫人的光线下,为什么我会感到焦虑,像被正义和复仇女神追杀的**罪过**一样可笑?可是,我最后在梦幻般的阳光和遗址鲜花盛开的孤独中找到的,是一只鸟儿的飞翔和它动人的鸣叫——微小的、嘲弄人的鸟,有着海鸟花里胡哨的羽毛!我屏着呼吸回来,周身被一种不可思议的光线的光晕笼罩,仿佛被掌控的不可掌控物令我站立在一条腿上。

就好像一种梦幻般的寂静是 D,被一种永恒的不在场所表现。

我偷偷回去:被幻觉击中。这所房子前一晚偷走了我的兄弟,我觉得有一种气息要把它掀翻。它像 D 一样偷偷溜走,在它身后留下一个空洞,但比世界上的任何东西都要醉人。

刚才，又一次，回到我兄弟的房间。

死者、我和房子停顿于世界之外，在空间的某个空洞的部分，在这里，死亡半透明的气息令感官陶醉，令它们破碎，令它们紧绷至焦虑的程度。

如果我明天回到容易的——响亮的——话语的世界，那么我应该乔装打扮，就像一个幽魂想让别人把它当成人时会做的那样。

在离 E 的房门不远的地方，我踮着脚尖往前走：我什么都听不到。我出门走到露台，从那里可以看到房间里面。窗子半开着，我能看到她一动不动躺在地毯上，颀长的身体不太雅观地穿着一件镶黑花边的胸衣。

手臂、腿和头发向四面随意伸展着，像章鱼的爪子。这发散物的中心不是一张朝向地面的脸，而是另一张面孔，深深开裂着，长筒袜令赤裸的部分更加醒目。

快感缓慢的流动从某一点来说与焦虑的流动相同：陶醉感的流动与一者和另一者都很接近。如果我想打 E，那不是某种情欲影响的结果：我只有在精疲力竭时才想打人,我认为只有无能才是残酷的。然而,与死者的亲密接触令我置身一种飘飘然的状态,在这种状态中,我无法不感受到死亡的魅力与裸体的魅力之间那种令人困扰的相似性。从 D 无生命的躯体中散发出一种令人惶惑的庞大感,可能由于静止的月光,地毯上 E 的身体也同样如此。

俯身在露台栏杆上,我看到一条腿在动:我也可以对自己说,即便死了,尸体仍可能有类似的轻微反射。但是,在那个时刻,她的死亡只能为存在的一切添加一种不明显的差别。被恐惧陶醉的我走下楼梯,并非出于一个确切的理由,然而,在叶子还在滴水的树下,这个难以理解的世界仿佛在向我传达关于死亡的潮湿秘密。

为什么对这呻吟——啜泣声提高,但没有演变成眼泪——和这无限的腐败感的渴望没有对幸福时刻的渴望那么强烈?与恐怖的时刻相比,这些幸福时刻……(我想象了荒诞的美味,一片尚有余温的杏子面包,阳光下晒着的一堆山楂,周围散发出疯狂的蜂鸣声)。

　　然而我一点不怀疑，在我不在时，E会身着节日盛装去死者的房间。和我聊起她与我兄弟的生活时，E曾对我说，后者过去喜欢她这样不穿外衣。

　　一想到她会走进死者的房间，我的心真真切切地揪紧……

　　恢复意识后，她可能失控地哭泣：这隐约瞥见的形象不是死亡的形象，也不是某种让人无法承受的色情形象——它是孩子的绝望。

　　误会、误解、叉子划在玻璃上发出的吱嘎声的必要性，孩子的绝望所预告的一切，正如先知预告不幸的临近……

　　再次从E门前经过，我没有勇气敲门：什么都听不到。我没抱任何希望，对无法挽救之事的恐惧感啃噬着我。我甚至只能有气无力地希望E恢复理智，使生活得以继续下去。

统治权

这次我会任由自己倒下吗？

渐渐地，写作使我头脑混乱。

由于太疲惫，我梦见了一种完全的溶解。

如果我从某种意义出发，我会穷尽这种意义……或者最后我面对的是无意义。

一块没有预料到的骨头：我热切地咀嚼起来！……

可是，溶解以后，如何停留在无意义状态？这是不可能的。一种没有任何添加的无意义最终会抵达某个意义……

……留下一股灰烬、一股精神错乱的余味。

我看着镜中的自己：双目低垂，神情如熄灭的烟头。

我想睡觉。但是，刚才看到 E 房间窗户紧闭使我心头一沉，由于无法忍受这打击，我一直清醒着，躺在床上写东西。（实际上，啃噬我内心的，是无法接受任何东西的事实。当我透过开着的窗户看到她躺在地上，我很担心她服了毒。现在我确信她还活着，因为窗子已经关上，但她是死是活都让我无法忍受。我不能接受她在关闭的门或窗的庇护下，逃离我的视线。）

我没有把自己封闭在不幸的念头中。我想象着某朵塞满天空的云的自由，它以一种不慌不忙的速度形成，散开，从不稳固和撕裂中汲取入侵的力量。关于我不幸的思考，我也可以这样描述，如果没有极度的焦虑，这思考可能就是沉重的，它会在我要投降的时刻，把统治权交给我……

尾　声

我的睡眠很轻。起先它有着某种醉意的价值：在入睡的时刻，我觉得世界的孤独让位于睡眠的清浅。但这颇具嘲讽意味的漠然改变不了什么：因一种一了百了的心境而中断的强烈欲望又重生，并解除了将其封锁于焦虑状态的限制。然而，睡觉可能是胜利的一个错失的形象，我们需要掠夺的自由在此被窃取。我成了哪种浑浊的恐怖的牺牲品？我如倒塌的蚁穴中的蚂蚁，再也没有逻辑之线可以遵循。在这个噩梦的世界，每一次坠落本身就是一次完整的死亡体验（却没有清醒时那种具有决定性的清晰）。

　　在睡眠的泥坑，我们那么无忧无虑，这令人愉快。我们忘了这一点，看不到我们无忧无虑的心境赋予我们"清醒的"神情一种谎言的价值。就在刚才,近期做的梦中屠宰场的血腥(我周围的一切事物都被搅乱,不过终归平静)使我清楚体会到被死亡"强奸"的感觉。在我眼中,一切都不如铁锈的大量增生有价值,也不如确信太阳会侥幸逃脱土地的腐败的念头有价值。生命的真实无法与它的反面分开,"意义的迷失"将我们带至与之相关的幸福。因为我们无法分辨死亡与生命无尽的回光返照之间的区别:我们依恋死亡,正如一棵树通过树根隐藏的网络依恋土地。然而我们却像一棵"道德"之树,否定自己的根基。如果我们不能天真地向痛苦之源汲水,从中获得疯狂的秘密,我们就无法拥有笑的猛烈:我们有的将是算计的模糊面孔。下流本身只是痛苦的一种形式,但它那么"轻松地"与喷射相连,以至在一切痛苦之中,它最丰富、最疯狂、最值得艳羡。

在这行动的广度中,它是否模棱两可——时而让人冲上云霄,时而让人死于沙地——已经无关紧要。粉身碎骨后,想象一种永恒的快乐产生于我自己的失败,这是一种可怜的安慰。我甚至不得不面对现实:快乐的回流只在一个条件下产生,即痛苦的倒流在任何情况下都不减少其可怖程度。相反，在巨大的不幸中产生的怀疑只能照亮那些享受不幸的人——他们只有在幸福变形、被不幸的黑色光环笼罩时，才能完全认识它。因此，理智无法解决处境的模棱两可：极度的幸福只存在于我对它的持续性产生怀疑的时刻；反之，一旦我确信它能持续，它就变得沉重。所以我们只有在模棱两可状态下才能理智地生活。而且，不幸与快乐之间永远不存在彻底的区别：徘徊着的不幸意识始终在场，甚至在恐惧中也在场；可能获得快乐的意识也没有完全被取消，是它令痛苦急剧增加，作为补偿，也是它帮助人们忍受折磨。事物的模糊性被如此好地赋予游戏的这种轻松，以致如果焦虑者太过严肃地对待事物，我们就会瞧不起他们。教会的错误与其说在于道德与教条，不如说在于它混淆了作为游戏的悲剧性和作为工作符号的严肃性。

反过来，我在睡梦中——因为它们没有任何严肃的色彩——承受的这些惨无人道的窒息对我的决定来说是一个有利的借口。想到窒息的时刻，痛苦在我看来似乎布下了某种圈套，如果没有它，思想的罗网就无法"铺张"。此刻我很乐意停留在这个假想的不幸中迟迟不去，将它同天空荒诞的开阔相连，也很乐意在轻松中，在"忧虑的缺失"中，找到某个将我自己和世界看作一跃的概念的本质。在与我死去的兄弟快乐合奏的这一支疯狂、残酷、沉重的交响曲中，一根手指充满敌意、坚硬的指尖刚才在我梦中插入我后背的凹陷处——太残忍了，我本可能大叫出声，最后却无法发出任何声音——这指尖是一阵狂怒，绝对不能存在然而存在了，不可避免，"要求"飞跃的自由。一切从那里开始，带着一种暴烈的狂热，被手指钢铁般的残酷推动：在我受到的折磨中，一切都被撕扯，达到无法忍耐的痛苦的程度，让人清醒过来。可是，当我从这睡梦中惊醒，站在我面前的 E 朝我微笑：她穿着与平躺在自己房间时一样的衣服，或者说与平躺在自己房间时一样没穿衣服。我的梦还没全醒：侯爵夫人带着她应有的从容，穿一条有裙撑的裙子，笑容含义不明，一种热切的嗓音变化立即让我领略到生命的美妙："我的老爷愿意屈尊吗？"她对我说。我不知道有哪种下流的东西添加到衣服的挑衅意味上。但是，仿佛她无法演太长时间的闹剧，她很快露出裂缝，并用一种沙哑的声音问道：

"你想做爱吗？"

　　一道预示暴风雨来临的不真实的光线笼罩我的房间：像年轻的、蒙受启示的圣乔治全副武装骑到龙背上一般，她扑到了我身上，但她想对我做的恶只是撕去我的衣服，而她所拥有的全部武器只是一个髭狗的微笑。

第三部分

俄瑞斯忒斯纪

俄瑞斯忒斯纪

天空中的露珠

生活的风笛

蜘蛛的夜

数不清的噩梦的夜

眼泪的无情的游戏

哦太阳在我胸口死亡的长剑

休息吧沿着我的骨头

休息吧你是闪电

休息吧毒蛇

休息吧我的心

爱情的长河被血染成粉红

风吹乱了我杀手的头发

机会啊苍白的神灵

闪电的笑

看不见的太阳

在心中轰隆作响

赤裸的机会

机会穿着白色长筒袜

机会穿着镶花边的衬衫

纷　争

一千座房子倒塌

一百进而一千名死者

在云的窗口。

剖开的肚子

割下的头颅

长条的云的反光

广阔的天空的形象。

高于

天空阴暗的顶峰

更高的

在疯狂的敞开中

一道微弱的光线

是死亡的光环。

我渴望血

渴望带血的土地

渴望鱼渴望发怒

渴望污秽渴望寒冷。

自　我

心贪求光亮

腹吝惜爱抚

太阳是假的眼睛是假的

词语供应鼠疫

土地喜爱冰冷的身体。

霜一般的眼泪
睫毛的暧昧不清

死者的嘴唇
无法补偿的牙齿

生的缺失

死的赤裸。

透过谎言、漠然、牙齿的打战声、不可理喻的幸福、确信，

在井底，牙齿紧抵死神的牙齿，一个极其微小的令人炫目的生命从堆积的垃圾中诞生，

我逃离这生命，它坚持；一股血被注射至额头，与我的眼泪混合，将我的腿浸泡，

从欺诈和恬不知耻的吝啬中诞生的极其微小的生命，

比天空的高度更漠视自身，

刽子手的纯洁，打断喊叫声的爆炸的纯洁。

我在自己身上开了一家戏院

这里上演的是虚假的睡眠

没有对象的特技

让我冒汗的羞耻

没有希望

死亡

吹灭的蜡烛。

在此期间，我在读《十月的夜晚》，因为感受到自己的喊声与自己生活之间的差距而震惊。归根到底，我就像奈瓦尔，因为小酒馆，因为一点小事（更加模棱两可?）而开心。我想起在提利时，我对走出雨水、泥浆和寒冷的村民们的兴趣，对酒吧里摸着酒瓶和高个子农场佣工（醉醺醺的，靴子上全是泥浆）的鼻子的泼妇们的兴趣；夜晚，郊区的歌声在庸俗的嗓子里悲鸣，院子里，吵架声、放屁声、笑声和女孩来来往往。躺在一个肮脏（且冰冷）的房间，听着他们的生活，一边在我的本子上涂涂写写，我感到很幸福。没有一丝无聊的痕迹，因叫声的热度、歌声的魅力而幸福：他们的忧伤让人窒息。

庙宇的屋顶

有一种感觉,仿佛有一场决斗要参加,无论什么都已经阻止不了我。我很害怕,因为确信自己再也避免不了这场战斗。

答案难道不是"我忘记了问题"?

昨天我似乎跟我的镜子说话了。

我似乎看得相当遥远，就像在闪电的光中看到一个地方，是焦虑带我去了那里……由一个句子带来的感觉。我忘记了那个句子：伴随它的是一种明显的变化，好像切断联系的顿悟。

我察觉到一个后退的动作，跟某个超自然的存在的后退一样令人失望。

再没有比这更超脱、更违背恶意的了。

始终无法撤销自己的断言,对此我感到内疚。
仿佛某种难以忍受的压迫感困扰着我们。

渴望——令人颤抖——突然而至的机会被抓住,尽管它降临在夜的不确定性中,又不易察觉。而且这渴望那么强烈,以致我只能保持沉默。

独自在夜里,我只剩阅读可做,同时因这种无力感而痛苦万分。

读了整本《贝蕾妮丝》（我之前从没读过）。只有前言中的一个句子引起了我的注意："……这庄严的哀伤成就了悲剧的全部愉悦"。我读了法语版的《乌鸦》。我起身，我已经被感染。我起身，拿了纸。我还记得自己带着何种狂热的急切走到桌边：然而我是平静的。

　　我写道：

　　沙尘暴
　　向前推进
　　只有在夜里
　　我才能言说

它向前推进就像一道尘土的墙

或者像幽灵那披上黑纱的旋风

它对我说

你在哪

我失去了你

可是我

从没见过它

我在寒冷中喊道

你是谁

疯子

为什么

假装

没有忘记我

在这一刻

我听到泥土掉落

我跑去

穿过

一片无边无际的田野

我摔倒

田也摔倒

无尽的啜泣田野和我

摔倒

没有星辰的夜晚
熄灭过无数次的虚空
这样一个叫声
永远将你刺穿
一次如此漫长的堕落。

与此同时，爱将我灼烧。我**受到**词语的限制。我在虚空中因爱精疲力竭，就像面对一个秀色可餐、赤身裸体——然而无法得到——的女人。甚至无法表达欲望。

迟钝。尽管时间不早，疲惫不堪，却无法上床。本来可以像克尔凯郭尔一百年前说的那样描述自己："我的脑袋空空，如同刚刚上演过一出戏的剧场。"

当我盯着眼前的虚空看，一个立即变得暴力、过度的触点将我同这虚空联结起来。我看到了这虚空，我什么也没看到，但是它，虚空，它拥抱了我。

我的身体痉挛了。它蜷缩起来，仿佛它不得不自动缩小至一个点的大小。一道持续的闪光从这个内在的点射向虚空。我扮了个鬼脸笑起来,张开双唇,露出牙齿。

我把自己扔到死人堆中。

夜晚是我的裸体

星辰是我的牙齿

我把自己扔到死人堆中

穿着雪白的阳光。

死亡居住在我心里

仿佛一个小小的寡妇

她啜泣她是懦弱的

我害怕我可能会呕吐

寡妇笑了一直笑到天际

然后撕裂了群鸟。

我死了以后
星辰的马的牙齿
会笑着嘶叫我死了

平坦的死亡
潮湿的坟墓
独臂的太阳

长着死人牙齿的掘墓人
将我抹除

像乌鸦一样飞翔的天使
喊道
　　荣耀属于你

我是棺材的空

和自我的缺失

在整个宇宙中

快乐的号角

疯狂地吹响

天空的白突然爆炸

死亡的雷声

填满了整个宇宙

太多的快乐

翻转了指甲

我想象

在无限深处

荒凉的广阔土地

与我看到的天空不同

不再包含这些摇曳的光点

而是火焰的湍流

比天空更大

跟黎明一样刺眼

无形的抽象

上面布满裂缝

成堆的

遗忘的空洞

一边是主体**我**

另一边是客体

宇宙是死亡观念的裹尸布

我哭着在此扔下碎屑

无能

打嗝声

种种念头像公鸡走调的鸣叫

哦人造的虚无

制造于无比虚荣的工厂

就像一只假牙盒子

我俯身于盒子上

我有

呕吐出欲望的欲望

哦破产

我在陶醉中沉睡

当我喊叫时

你活着以后还会活着

当我不再活着时

失聪的 X

巨大的木槌

敲碎了我的头颅。

闪光

天空高处

土地

和我。

我的心向你吐出星星

无法比拟的焦虑

我对自己笑了但是我冷。

成为俄瑞斯忒斯

赌桌是这个有星光的夜晚,我跌落在此,像一颗骰子一般,被掷在转瞬即逝的种种可能性的场域上。

我没有理由觉得"它很糟糕"。

因为在夜晚盲目地堕落,我身不由己地超越了自己的意志(我身上这自我只是**被给予的**);而我的恐惧是某种无限的自由的叫声。

如果我没有借一次跳跃超越"**静止的、给定的**"自然,那么我将受到法则的限定。然而自然**玩弄了我**,把我丢在比它更远的地方,超越那些令卑微者爱它的法则与极限。

我是一场赌博的结晶，如果我不存在，那么这一切将不存在，可以不存在。

在一个巨大空间的中央，我是超越这巨大空间的一点什么。我的幸福和存在本身都来自这种超越的特征。

我的愚蠢为跪在上帝面前的可以被拯救的自然赐福。

但我所是的（我那带有醉意的笑容与幸福）仍旧是赌博的结果，在偶然中获得，在夜里被赶出门，像一只狗一样被驱逐。

真相的风做出了回答，像一记耳光扇在恻隐之心那伸出的脸颊上。

心只有在反抗时才具有人性（这意味着：成为一个人就是"不在法则面前卑躬屈膝"）。

诗人不会完全为自然辩护，他不会完全接受自然。真正的诗在法则之外。但是归根到底，诗接受诗。

当对诗的接受将它转变成它的反面（它成为某种接受态度的中介）！我忍住了本该令我超越宇宙的跳跃，我为被给定的世界辩护，我对它心满意足。

钻进包围着我的一切，自我辩解，或者将我那无法探测的夜只看成一个为孩子写的寓言（为我自己创造一个物质形象或神话形象）！不！……

我宁愿放弃这场赌博……

我拒绝，反抗，可是为什么迷失了自我。假如我胡言乱语，那么我将完全是自然的。

诗意的谵妄在自然中有它的位置。它为后者辩护，接受对后者的美化。拒绝的行为属于澄明的意识，后者估量自己的遭遇。

对各种可能性的明确区分，坚持走到最遥远处的天赋，这些属于平静的专注。自我的无法回头的赌博，走到一切给定事物的范围之外，这些不仅需要这无尽的笑，还需要这缓慢的沉思（疯狂的，但是过度的）。

是黑暗和模棱两可。诗同时令人远离夜晚与白昼。它既无法质疑这个将我捆缚的世界，也无法推动它。

威胁始终存在：自然可能将我毁灭——将我缩减至它的尺度，取消我在比它更远处进行的赌博——这赌博需要我的疯狂，我的快乐，我无尽的清醒。

放松将人从赌博中拉出——正如过度的专注。带笑的怒气、不理智的跳跃和平静的清醒是赌徒应有的品质，直至运气——或生命离他而去的那天。

我接近诗了：却是为了错过它。

在超越自然的赌博中，究竟是**我**超越了自然，还是**自然**在我身上超越了自身（它可能完全超越自身），这已无关紧要，可是，在此期间，超越最终落入了事物的秩序（我将在那一刻死亡）。

为了在某种明显的不可能性中抓住一种可能，我不得不先想象反面的处境。

假设我想令自己回归合法的秩序，我也不太可能完全做到：我会因为有始无终——因为不幸的严谨而犯错……

在极度的严谨中，秩序的要求拥有如此大的威力，以致它无法反噬自身。在（神秘主义）信徒的经验中，上帝被置于某种不道德的无意义的顶峰：信徒的爱在上帝——他自己的化身——身上实现了某种超越，如果他以个人名义承担超越的结果，那么这结果就会令他跪地不起，恶心不已。

向秩序的回归无论如何都失败了：形式上的（没有超越的）虔诚令人有始无终。逆向的尝试因而可能有机会。他需要利用迂回的道路（笑，不停歇的恶心感）。在这些事物起作用的层面，每个因素都不停地转变成自身的反面。上帝突然之间被赋予"可怕的崇高"。或者说，诗滑向了美化。对于我等待的对象，我每做一次抓住它的努力，对象都转变成一个反面。

诗会在死亡的混乱中达到某些时刻，但诗的光芒显现于这些时刻之外。

（一个共识令两位作者被边缘化，是他们给诗的光芒增添了失败的光芒。模糊性与他们的名字紧紧相连，不过这两人都穷尽了诗的意义，使它最终变成自身的反面，变成一种对诗的仇恨。没有上升至诗之无意义的诗只不过是诗的空，只不过是美文。）

这些蛇是给谁的……？

未知和死亡……没有牛的沉默，在这样的路上，只有牛的沉默才足够坚强。在这未知中，失明的我弃械投降（我放弃了理性地穷尽所有可能性的打算）。

诗不是一种对自我的认识，更不是对某种遥远的可能性（对之前不存在的事物）的经验，它仅仅是通过词语，对那些无法企及的可能性的召唤。

相对于经验，召唤有一种优势，它是丰富的，具有无限的便利，但它令人远离（本质上被麻痹的）经验。

如果没有过度的召唤,经验将是理智的。如果召唤的无力感令我恶心,那么它将从我的疯狂开始。

诗令夜晚向过度的欲望敞开。被诗劫掠过后的夜晚在我身上是对某种拒绝——对我超越世界的疯狂意愿——的量规。——诗也超越了这个世界,但它无法改变我。

与其说我那虚构的自由摧毁了给定的自然的限制,不如说它确保了这种限制。如果我满足于此,我将渐渐屈服于这给定的东西的限度。

我继续质疑这世界的限度,同时抹除那些满足于此的人的悲惨处境,我无法长久地承受虚构的便利:我要求现实,我发疯了。

如果我撒谎,那么我就处于诗的层面,处于以言语超越世界的层面。如果我坚持盲目地贬低世界,那么我的贬斥就是假的(就像超越)。从某种意义上说,我与世界的和解得到深化。可是,由于不能蓄意撒谎,我发疯了(能够忽视现实)。或者,由于再也不懂该如何为我自己上演一出胡言乱语的闹剧,我又发疯了,不过在内心深处,我体验了黑夜。

诗是一种简单的迂回:我通过诗逃离话语的世界,这世界对我来说已经成为一个自然的世界。我与诗一起进入某种坟墓,其中可能性的无限性诞生自逻辑世界的死亡。

走向死亡的逻辑孕育出疯狂的丰富性。可是被提及的可能性却是不真实的,逻辑世界的死亡是不真实的,一切都是可疑的,并逃离到这种相对的晦暗中。我可以在此嘲笑我自己,嘲笑别人:一切真实的东西都是毫无价值的,一切价值都是不真实的! 从中很容易产生致命的滑移,在滑移中,我不知道我是在撒谎还是发疯了。夜的必要性即来自这种不幸的处境。

夜晚只能通过迂回产生效力。
对一切事物的质疑产生自某种欲望的扩张,而这种欲望不可能是对空的欲望!

我的欲望的对象首先是幻觉，之后才是幻觉消失的空。

不带欲望的质疑是形式上的，是无动于衷的。对于这种质疑，我们无法说出"这和人是一回事"这样的话。

诗揭示了未知的某种力量。但是，未知如果不是某种欲望的对象，那么它便不过是一种毫无意义的空。诗是一个居间的词汇，它在未知中窃走了已知：它是装饰有太阳那刺目色彩和外表的未知。

数以千计的形象令我眼花缭乱，无聊、急躁和爱在这些形象中组合而成。现在，我的欲望只剩一个对象：这数以千计的形象之外的东西，和夜晚。

然而，在夜里，欲望撒谎，而夜晚因此停止成为欲望的对象。我"在夜里"的这种生存仿佛爱人死去时情人的生存，仿佛得知赫尔弥俄涅自杀时的俄瑞斯忒斯。在夜里，它无法认出"它等待的东西"。

图书在版编目（CIP）数据

不可能性 /（法）乔治·巴塔耶著；曹丹红译.—南京：
南京大学出版社，2017.10（2025.5 重印）
（棱镜精装人文译丛 / 张一兵，周宪主编）
ISBN 978 - 7 - 305 - 18936 - 4

Ⅰ.①不…　Ⅱ.①乔…②曹…　Ⅲ.①文学理论
Ⅳ.①I0

中国版本图书馆 CIP 数据核字（2017）第 161658 号

出版发行　南京大学出版社
社　　址　南京市汉口路 22 号　　　　　邮　编 210093
丛 书 名　棱镜精装人文译丛
　　　　　BUKENENGXING
书　　名　不可能性
著　　者　[法] 乔治·巴塔耶
译　　者　曹丹红
责任编辑　陈蕴敏
照　　排　南京紫藤制版印务中心
印　　刷　江苏苏中印刷有限公司
开　　本　787mm×960mm　1/32　印张 6.25　字数 92 千
版　　次　2017 年 10 月第 1 版　2025 年 5 月第 4 次印刷
ISBN 978 - 7 - 305 - 18936 - 4
定　　价　35.00 元

网　　址：http://www.njupco.com
官方微博：http://weibo.com/njupco
官方微信：njupress
销售咨询：(025)83594756